KB272190

머리 달린 여자

머리 달린 여자

The Woman With A Head

지옥은 악마의 부재

지옥은 악마의 부재

✦ 〈웹진 비유〉 2021년 11월 발표

반인반마를 죽이는 방법

1. 두 번 죽여야 한다. 악마인 동시에 인간인 자들이니, 너는 악마로서의 그의 이름을 부름으로써 먼저 이 세상에서 몰아내고, 인간으로서의 그를 마저 죽여야 한다.
2. 명심하도록. 악마를 먼저 죽여야 한다.
3. 네가 악마를 죽이는 방법을 물을까 봐 적어둔다.

추신. 악마를 완전히 죽이는 건 불가능하다. 세상에서 잠시 몰아낼 수 있을 뿐이지. 성수를 쓰거나 십자가를 써라. 가장 좋은 방법은 그 악마의 이름을 부르는 거다. 안 된다고? 셋 다 차례차례 해봐라. 아니면 동시에 하든가.

★

어머니가 죽었을 때 헥터 프라이데이는 열한 살이었다. 헥터의 어머니, 사라 프라이데이에겐 모두 일곱 명의 애인이 있었는데 잠자는 사이 모두 사라에게 목이 졸려 살해당했다. 희생자가 일곱 명에서 그친 건 마지막 살인을 헥터가 보았기 때문이었다. 어린 헥터는 이름도 얼굴도 모르는 아버지를 부르며 현장에서 뛰쳐나왔고, 살인 현장은 마을 사람들에게 발각되었다.

사라는 제가 사람을 죽인 건 아들인 헥터가 악마이기 때문이라고 말했다. 악마인 헥터가 어머니인 사라를 악한 힘으로 조종했다는 것이다. 이후 사라 프라이데이는 살인죄로 감옥에 들어갔고, 그곳에서 수건으로 목을 매어 목숨을 끊었다. 헥터는 살인자의 자식이라고 비난받다가 보육원에 보내졌으나, 곧 대전쟁이 유럽을 휩쓸었고 보육원은 사라졌다. 거리로 내몰린 헥터는 고향으로 돌아갔다. 프라이데이 모자를 살인자라 부르던 이들 중 남자는 모두 전쟁터에 끌려가 죽었으나,

"여자들은 마을에 남아 있더군."

헥터가 제 어깨에 머리를 묻고 끙끙거리는 남자의

귀에다 읊조렸다. 남자는 자살 충동, 그러니까 자해 욕구에 시달리는 평범한 한국인이었고, 헥터에게 서울에 있는 자기 집에서 하룻밤 묵고 가지 않겠냐 제안했다. 고맙진 않았다. 헥터는 그의 눈에서 욕망을 읽었고, 원하는 것을 준 참이었으니까.

남자는 아무것도 듣지 못하는 것 같았다. 헥터는 남자의 젖은 머리칼을 쓸어올리곤 이마에 입을 맞추었다. 그러곤 말을 이어갔다.

"그 여자들, 어떻게 죽었는지 궁금하지 않나?"

남자는 허리를 움직이며 헥터의 등을 끌어안았다. 헥터는 오른손 검지와 엄지로 남자의 턱을 잡고 들어올렸다. 이제 남자는 입맞춤, 그리고 절정을 기대했다. 눈 앞에 있는, 금발에 몸 좋은 백인 남자가 좀 전엔 이마에 입 맞춰주지 않았는가. 그러니 그다음엔······.

'······너무 흥분한 탓인지 머릿속이 하얗다. 죽고 싶단 생각 따윈 개나 주라고 하지. 그러나 숨이 막히고, 산소가 부족하다. 누군가 내 목을 조르고 있는 것 같다. 목을 조르고 있는 건 누구지? 지금 나와 침대에 있는 백인 남자의 양손은 내 뺨에 닿아 있는데······ 끈을 썼나? 아니, 아니다. 내 목을 조르는 팔에 익숙한 문신이 보인다. 저건 내······.'

마지막으로 들은 건, 마치 어린 나뭇가지처럼 간단히 꺾이며 제 목이 낸 우두둑 소리였다.

헥터는 혀를 차며 남자를 밀어냈다. 아직 식지도 굳지도 않은 시체가 맥없이 침대 아래로 떨어졌다.

샤워하고 나서, 헥터는 남자의 옷장을 뒤졌다. 남자의 어깨너비나 키가 헥터와 얼추 비슷했기에, 헥터는 꽤 만족스러운 쇼핑을 할 수 있었다. 검정 트렌치코트, 청바지, 그리고 고급 시계. 시침은 2를 가리켰고, 창밖의 하늘은 아직 검었다.

마침 화장실에 양동이가 있었고, 남자의 거실은 넓었다. 헥터는 부엌에서 가져온 식칼로 익숙하게 남자를 그으며 피는 양동이에 받았다. 아직 따뜻한 심장을 꺼냈다. 이젠 눈 감고도 그릴 수 있는 복잡한 문양을 바닥에 그렸다.

혹시 모르니…….

"아버지 루시퍼여, 오소서."

침묵이 흘렀다. 헥터가 연거푸 불러보았으나, 답은 없었다.

다른 놈들은 잘만 오는데 왕은 오지 않는다. 이미 여러 번 그려본 루시퍼의 소환진이었기에, 헥터는 제가 그림을 잘못 그렸다곤 생각하지 않았다. 소환진보단 다른 쪽 문제겠지 싶었다.

많은 이들이 간과하는 점을 헥터는 잊지 않고 있었다. 악마 소환은 일종의 심리전이다. 정성을 다하지 않은 인간이 악마를 감동하게 만들긴 어렵다. 그렇다고 헌신하면 헌신짝 되기도 쉬웠다. 또, 거물일수록 협상은 어려운 법이다. 이쪽도 상대방도 호구 되기 싫은 건 마찬가지니까.

헥터는 바닥에 고인 핏물을 내려다보았다. 이거 갖곤 안 되는군. 그리 놀랍진 않았으므로, 그는 머리를 긁적이곤 다른 이름을 불렀다.

"시트리."

피 웅덩이가 아닌 다른 곳에서, 하얀 정장에 횟가루 하나 묻히지 않은 검은 머리의 남자가 솟아올랐다. 눈엔 짜증이 잔뜩 서려 있었음에도 남자는 놀라우리만치 아름다웠다.

"너, 이번에도 내게 담뱃불 좀 꺼달라 수준의 시시껄렁한 일을 시킬 셈인가?"

"시체 좀 치워줘라. 아니, 집을 좀 치워줘. 내가 왔던 흔적일랑 모조리 사라지도록."

시트리가 얇은 입술을 짓씹었다.

"그러니까, 빨리 각성을 하란 말이다. 이런 일쯤은

네가 직접 해! 충분히 할 수 있잖은가!"

헥터가 고개를 갸웃했다.

"굳이?"

"……."

문자 그대로 부글부글 끓어오르는 악마를 뒤에 남기곤 현관문 밖으로 나와서야, 헥터는 어째서 죽은 남자가 걱정 없이 저를 들여보내 줬는지 깨달았다. 복도에 하나, 층계마다 하나. CCTV가 있었다.

헥터는 눈을 가늘게 떴다. 그러고 보니 한국에선 가는 곳마다 이랬지. 이 나라에 오기 전엔 이렇게까지 CCTV가 많은 줄은 몰랐는데.

상관없는 일이었다. 그는 카메라라는 물건에 찍혀 본 적이 없었다. CCTV라고 다르겠냐 싶었다. 그는 CCTV에 슬쩍 손을 흔들어보았다. 카메라가 미동조차 하지 않자, 그는 조금 무안해져 오피스텔을 빠져나왔다. 새벽 2시임에도 번화한 거리였다. 네온사인은 휘황찬란했고, 술에 취한 사람들이 시끄럽게 소리 지르고 울며 걷고, 토하고, 택시를 잡으려 손을 흔들었다.

핼러윈 무렵이었다. 헥터는 지갑에서 지폐 몇 장을 꺼냈다. 택시는 금방 잡힐 것이다. 그는 도시 외곽으로 빠져야 했다. 정확한 도시 이름은 모르지만, 북쪽으로,

그리고 동쪽으로. 그렇게 가다 보면 만날 수 있을 거라고 헥터는 믿었다. 그는 수도권에 인구가 얼마나 많은지 잘 몰랐다. 그저 어느 친숙한 침대 매트리스 위에 뭉쳐진 바지에서 얻은 지갑 속 지폐와 카드만 믿었다. 길을 헤매더라도 운전사에게 건넬 돈이 있으면 문제될 일은 없겠지.

헥터는 성기고 짤막하게 돋은 턱수염을 엄지로 쓸었다. 그는 마음을 느긋하게 먹었다. 초를 다투는 일은 아니었다, 아버지를 만나는 일은. 게다가 이미 그는 백 년이 넘도록 기다리지 않았는가. 앞으로 고작 며칠이 남은 것이다.

샛별은 어둠 속에서 헤드폰을 벗어던졌다. 책상 유리에 부딪힌 헤드폰이 딸그락 소리를 냈고, 여전히 게임 BGM을 쏟아냈다.

초등학교 고학년 때 잡았던 게임을 다시 하려니 영 손에 붙지 않았다. 어느 분야에서든 감이라는 것을 쉽게 잃지 않는다고 자부하는 샛별에게 게임에 접속하지 않은 5년의 세월이 문제는 아니었다. 최소 한 사람의 동료가 있어야만 수월하게 진행할 수 있는 게임이란 게 문제였다. 그리고 로그인 정보에 따르면, 샛별의 유일한 게임 동료는 게임에 접속하지 않은 지 천 일을

넘긴 상태였다.

샛별이 피식 웃었다. 어머니가 출장으로 자리를 비운 지금, 몇 달에 겨우 한 번 있을까 말까 한 '쉬는 주말'에, 생각해낸 할 일이란 게 고작 이따위였다.

휴대폰 연락처의 ㄱ부터 ㅎ까지 스크롤을 내려, 낯익은 이름들을 하나하나 들여다보며 생각에 잠겨보려 했으나 열한 살 때 학교 다니는 것을 그만뒀기에 연락처 속 이름들은 그리 많지 않았다. 스크롤을 내리던 손가락은 이제는 연락이 끊어진 '아빠'에서 잠시 멎었다가, 이내 다시 움직였다. 그러나 '송지서'에서 멎고 말았다. 샛별의 게임 동료이자 처음으로 사귄 아이. 아마 휴대폰 갤러리의 몇 장 안 되는 사진 중 그 애가 해맑게 웃고 있는 사진도 있던 것 같았다. 어머니가 누구냐고 물어보며 재밌어할지도 모른단 생각이 들었기 때문에 다른 사진들과 달리 인화해서 액자에 넣어두지도 않았다.

전화번호, 안 바뀌었으려나.

샛별은 의자를 뒤로 물리고 추리닝 상의를 집어 대강 걸쳤다. 편의점에 가서 콜라며 과자 같은 것을 사 오고 싶었다. 먹다 보면 시간이 잘 갈 것 같았다.

그런데 어머니가 뭐라 말하고 갔더라.

"내가 이런 말을 하게 될 날이 올 줄은 몰랐지만, 숙제 잘해라. 와, 내가 방금 뭐라고 한 거지? 어린 녀석 하나 기르는 일이 나를 완전히 망쳐놨군."

샛별이 냉큼 대꾸했다.

"그럼 가세요, 아줌마. 저는 다 컸고, 이제 보호자가 필요 없어서요."

그 말에 여자의 얼굴엔 미소가 번졌다.

"이런 게 자식 키우는 맛이지. 그래, 정말로 숙제 잘해라. 뭐, 싫으면 다른 애들이 하는 구몬 같은 거라 생각하든지…… 언젠가 네 목숨을 좌지우지할지도 모르는, 그런 구몬 말이야. 그리고 나 없이 집 밖으로 나갔다간 꽤 곤란해질지도."

샛별이 이맛살을 구겼다.

"어머니, 구몬이 뭔지도 알아요?"

하여튼.

샛별은 수학학원에서 돌린 포스트잇에 어머니가 휘갈겨 적은 메모를 꼼꼼히 읽었다. '반인반마를 죽이는 방법'이라니, 딱히 근시일 내로 겪을 일 같진 않았다. 그러나 어머니는 숙제 검사를 할 터였다.

숙제는 다 했다. 토빗기, 즉 개신교와 유대교에서는 외경으로 분류되는 이야기가 숙제 범위였다. 그러니까 숙제는 성경 요약이었다.

구몬이라고 하지만, 성경을 읽고 요약하는 것을 보호자가 시켜서 해야 하는 애가 세상에 또 어딨겠는가?

……아니, 많겠구나. 미친 세상아…… 여기까지 생각하자 샛별은 새삼 탄산이 당겼다.

기껏해야 요 앞의 편의점이다. 무슨 일이야 있겠는가?

현관문을 열자마자 담배 연기가 훅 끼쳤다. 아파트이고, 샛별의 집 앞이었다. 샛별은 눈살을 찌푸리며 문을 열어젖혔다. 그리고 여름 교복에 체육복 바짓바람으로 담배 한 모금을 빨며 저를 올려다보는 송지서의 빤한 시선과 맞닥뜨렸다.

지서가 담배를 벽에 비벼 끄고 씩 웃었다. 5년 전만큼 앳된 얼굴은 아니었지만, 그래도 여전히 송지서였다.

"이사 안 갔냐."

"……뭐야."

훗날 샛별은 구 애인에게 좀 더 멋있게 반응했어야 한다고 후회했지만, 당시로선 최선의 대응이었다. 잔뜩 당황한, 그러나 상대방에겐 무뚝뚝해 보일 것이 뻔한 낯으로 '뭐야'라고 내뱉는 것. '마침 네 생각을 하고 있었고, 네가 나타났다' 따위의 능숙한 대사 따위 머릿속에서 떠오르지도 않았다. 기겁하며 '네가 어떻게, 왜 여기에?'라고 말하지 않은 것만으로도 천만다행이었다.

그러나 지서는 아무래도 상관없는 모양이었다.

"나 좀 들어가도 되냐? 추운데."

샛별은 결국 묻고 말았다.

"무슨 일이야, 이 시간에."

이렇게 오랜만에, 라는 말은 간신히 삼킬 수 있었다. 스스로 생각하기에도, 샛별은 그렇게 말할 자격이 없었다. 떠난 것은 샛별이었다. 자의로든 타의로든.

문고리를 붙든 샛별의 커다란 손에 손가락 한 마디쯤 더 작은 손이 얹혔다. 밖에 오래 있었던 것인지, 지서의 손은 차가웠다. 샛별은 그 냉기에 새삼스레 지서의 눈을 마주할 수밖에 없었다. 빛없는 까만 눈이 무덤을 파헤치고 돌아온 사람의 것처럼 느껴졌다.

지서가 입을 떼자 허연 입김이 흘러나왔다.

"나 가끔 여기 왔어. 네가 없던 거지."

그 말은 꼭 책망처럼 들려서, 샛별은 항변하고 싶어졌다. 나도 네 생각을 가끔 했다고, 오늘도 네게 전화를 걸까 생각했다고.

지서는 샛별보다 머리 하나쯤 키가 작았다. 상의는 얇은 하복 셔츠였고, 어깨는 슬며시 떨리는 것 같았다. 샛별은 저도 모르게 손을 빼내 지서의 손목을 붙들었다.

"난 편의점 갈 거니까."

들어와 있어. 샛별은 그렇게 말하곤 지서를 문 안으로 끌어당겼다. 현관등 센서가 반응해 불이 깜빡, 켜졌다.

한동안 둘은 그렇게 말없이 있었다.

샛별은 제 숨소리가 너무 크단 생각이 들었다. 그게 상대방에게 불쾌하게 들릴지도 모르겠단 생각도 들었다. 숨을 참으려고 애쓰면서도, 시선은 지서에게서 떼어내지 못했다. 그러다 샛별은 지서의 목에 박힌, 가로로 기다랗고 울긋불긋한 멍 자국을 보았다.

현관등이 꺼지고, 지서가 제 손목을 샛별의 손아귀에서 빼냈다. 눈빛이 흔들린 것은 일순이었다. 지서의 입가에 다시 천연덕스러운 미소가 돌아왔다.

"칫솔 하나만 사다주라."

택시 기사는 이따금 거울에 비친 손님을 힐끔거리며 차를 몰고 있었다. 검은 트렌치코트를 입은 외국인 남자였다. 신기하게도 한국말을 잘하는. 사실 남자의 목소리는 기사에게만 한국말로 들리는 것이었지만, 기사는 눈치채지 못했다. 남자의 입술 움직임이 그에게 들리는 소리와 다르다는 것을 알지 못했다. 그도 그럴 것이, 택시 뒷좌석에 앉은 남자는 말을 많이 하지 않았다. 이따금 좌회전, 우회전, 직진이라고 말하는 것 외엔.

그때 검은 날벌레 떼가 택시를 훑고 지나갔고, 기사는 깜짝 놀랐다.

"벌레들이 미쳤나, 며칠 뒤면 11월인데 말이에요. 그쵸?"

남자가 말했다.

"저 앞에서 세워줘요."

택시 기사는 은근히 부아가 치밀었으나, 괴팍한 손님을 한둘 만난 것도 아니었기에 순순히 차를 세웠다. 그리고 택시비를 군말 없이 카드 결제로 치르고 나간 손님을 잠시 물끄러미 바라보다가, 차를 돌렸다.

한편, 헥터 프라이데이는 어이가 없었다. 지도로 미리 보아 알고 있긴 했지만 여기 새삼 좁아터진 땅덩이였다. 수도에서 다른 도시로 오는 데에 몇 시간도 걸리지 않았다니.

아버지의 마지막 흔적으로부터 1킬로미터도 떨어져 있지 않다니.

헥터가 멍하니 입을 벌렸다.

"시트리, 여기가 맞나?"

악마가 검은 아스팔트에서 솟아나 대꾸했다. 악마
는 짜증이 나 있었다.

"질문에 대답하자면, 이 근처가 맞다. 그리고 나를
사역마처럼 부리는 것을 그만둬라."

헥터가 물었다.

"말했잖아? 굳이 그만둬야 하나?"

이를 악물고 웃자, 악마의 얼굴이 기이하게 일그러
졌다.

"언젠가 우린 지옥에서 다시 만날 것이다. 그땐 너
도 생전에 좀 더 예의를 차렸어야 했다고 생각하게 될
테지."

헥터가 웃었다.

"나는 너보다 악마로서 우월하지 않나? 네가 지금
내게 빌빌대는 것은 다 내가 아버지 루시퍼 자리를 대
신할 수 있다고 믿기 때문이 아닌가?"

시트리의 표정이 더욱 일그러졌다.

"그건 네가 루시퍼로부터 받은 힘을 조금도 잃지 않
고 지옥으로 돌아가야만 가능한 일이다. 한마디로, 네
가 인간으로서 죽어버리면 너는 차기 지옥의 왕이 될
수 없다. 그저 나와 같은 72위 악마 중 하나일 뿐이지.
그날이 오면 너는 어떤 조건에서도 나보다 우월할 수

없다.”

헥터가 물었다.

“내가 지옥을 차지하려면 인간의 육신을 잃지 않으면 된다 이건가? 왜? 인간의 육신이…….”

헥터가 제 양 손바닥을 쳐들어 보았다.

“……그렇게 중요한가?”

시트리가 넌더리를 냈다.

“그 육신이야말로 루시퍼가 인간 따위와 관계했다는 증거니까! 과거 루시퍼는 인간의 존재를 받아들이지 못했다! 인간의 죄를 대속하겠답시고 높으신 분의 아들이 태어나 죽기 전까진 그랬어. 이젠 무슨 생각인지 백 년에 한 번씩 인간과의 사이에서 새끼를 치고 다니지. 한심하기 짝이 없다고. 하여튼…….”

갑자기 시트리의 목소리가 잦아들었다. 그는 주위를 둘러보곤 말을 이었다. 낮에도 우중충할 낡은 빌라가 늘어선 좁은 골목이었다. 차 지나가는 소리도 들리지 않았다.

“너는, 네 ‘족속’은 우리가 루시퍼에게 반기를 들 때 들이밀 결정적 증거다. 루시퍼는 두 차례 배신했다. 예전엔 신을, 이제는 악마를. 우리가 좀 더 힘이 강했다면 진작 몰아냈을 거야.”

"새겨듣도록 하지."

헥터는 걷기 시작했으나 시트리는 얼마 후 멈춰 섰다.

"나는 이 이상 가지 않겠다. 너무 가까워."

헥터가 뒤를 돌아보았다.

"뭐가 가깝다는 거야? 아버지 루시퍼?"

온전한 악마가 성을 냈다.

"쉿, 이렇게 가까이에서 그의 이름을 함부로 말하지 마! 아까 벌레 떼를 보지 못했나? 그자든, 그의 흔적이든……'저기' 있다."

시트리가 성처럼 솟아 있는 아파트 단지를 가리켰다.

50원짜리 비닐봉지를 거꾸로 털자, 떨어진 것은 칫솔뿐이 아니었다.

"라면, 과자, 콜라도 있네. 그리고…… 맥주?"

지서의 의아하단 눈빛에 샛별은 잠시 입을 다물었다가 억울하단 투로 내뱉었다.

"아까 너도 담배 피우더니."

"나는 아빠 거 훔친 거고."

"나도 째볐어."

"그래도 그렇지, 편의점에서 술을 가져왔어? 어떻게? CCTV에 다 찍혀, 인마. 아니면 너, 설마 얼굴로 속였어? 초딩 때보다 나이 먹긴 했어도, 잘 봐줘봤자 고등

학생 얼굴인데? 그나저나 너……."

갑자기 바싹 다가온 지서의 기세에 눌려, 샛별은 저도 모르게 한 발짝 물러섰다.

"더 잘생겨졌다."

"……고맙다."

샛별이 고개와 함께 말을 돌렸다.

"야, 그럼 너 가끔 우리 집 앞까지 왔다가 그냥 간 거야? 5년 동안?"

"너야말로 5년 동안 어디서 뭐 하고 지냈는지 얘기 좀 해봐. 갑자기 학교 안 나오기 시작하더니…… 반 애들도 그렇고, 선생님까지 아예 널 기억도 못 하더라고."

지서가 거실 소파에 다소 거칠게 앉는 바람에 날아오른 먼지가 춤을 추듯 반짝였다.

"'주샛별? 걔가 누군데?' 사람들이 다 그렇게 말해. 너 그렇게 가고 나 완전 미친년 됐잖아. 여기, 너희 집에서 같이 게임도 했었는데."

지서가 열 손가락으로 키보드 두드리는 시늉을 했다. 그게 미안하면서도, 샛별의 머릿속에 한 가지 의아함이 스쳐 지나갔다. 이 아이는 어떻게 나를 기억하고 있지?

지서가 라면 봉지 하나를 흔들어 보였다. 어릴 때

알던 얼굴이 녹아 있지만, 등허리까지 기른 머리카락
은 생경했다. 뺨에 닿을 듯 흘러내린 머리카락이 미처
가리지 못한 여드름 밴드도 그랬고.

— 어머니가 왔어. 그리고 나, 이제 학교 안 다니기
로 했어.

— 너 아빠랑 둘이 살지 않았어? 엄마 없다며. 갑자
기 무슨 소리야?

마지막 작별 인사였다. 무더위인데 묶지도 않은 단
발머리에, 아직 담배도 피우지 않는 열한 살 지서의 표
정이 심각해졌었다.

— 그리고 너 왜, 엄마라고 안 하고 어머니라고 해?

"주샛별, 이거 내가 끓인다?"

샛별은 정신을 차리고 손을 내밀었다.

"넌 손님이잖아. 내가 끓일게."

넘겨주고 넘겨받는 손이 닿지 않도록, 샛별은 검지
와 엄지로 라면을 건네받았다. 보일러를 틀어둔 덕에
훈기가 돌아서일까, 지서의 얼굴이 빨갰다. 추운 밖에
있다가 들어와서 그런 것이리라, 샛별은 그렇게 생각
하려 애썼다.

라면을 끓이려고 싱크대 앞으로 다가간 샛별의 팔
을, 더운 손이 붙들었다.

차마 그 손을 떼어내지 못하고, 샛별이 입술을 달싹였다. 눈 앞엔 아까 본 목둘레의 멍 자국이 잡힐 듯 선명했다. 뭐라고 말할까.

뭘 기대한 건지 모르겠다. 아니, 알겠다.

갑자기 샛별은 상황이 이상함을 깨달았다. 오래전에 헤어진 연인이 재회한 다디단 상황 따위가 아니다. 지서는 아마 저를 두들겨 패는 사람을 피하려 샛별을 찾은 것이다. 5년 전 인연까지 끄집어내 찾아올 정도로 절박했으리라.

— 간섭하지 마라.

어머니의 목소리가 귓가에 울리는 듯했다.

— 너는 저들과 달라. 우리가 인간에게 호의를 베풀면, 그 인간은 반드시 좋지 못한 말로를 맞이하게 된다.

샛별은 속으로 그 말을 되뇌었다.

네가 기억하는 열한 살짜리 여자애, 잘 웃고 잘 떠들던 애는 이제 없어. 어머니에게 교육받은 5년 동안 나는 완전히 바뀌었어.

나는 네가 기대하는 그런 사람 아냐. 너를 도울 수 없어. 너를 도와서도 안 돼. 내가 다 망칠 거야.

그렇게 말하는 대신,

“……이거 먹고, 가.”

차라리 목을 조르고 두들겨 팰, 아버지의 집으로 돌려보내려는 것이다. 말보다는 행동으로. 샛별이, 지서를.

팔을 붙든 손이 스르르 떨어졌고, 샛별은 냄비에 물을 받았다. 물은 차가웠다. 얼얼할 정도로.

"어머니와 나를 살인자라 부르던 그 마을 여자들, 어떻게 죽었는지 궁금하지 않아?"

이젠 대꾸해주는 시트리가 없었기에 헥터의 목소리는 그대로 허공에 흩어졌다. 어느새 입김이 나올 만치 추운 공기가 어둠을 메우고 있었고, 회양목이며 주목나무가 가로등 빛을 받아 번들번들 빛났다. 아무도 없었기에, 사방이 고요했다.

헥터는 아랑곳하지 않았다.

"해 질 녘까지 저녁 먹으러 들어오지 않는 아이들을 찾으러 여자들이 집 밖으로 나왔어. 아이들 딴엔 저들만 알고 있다고 여겼던 비밀 장소들…… 성스러운 교회의 지하실, 으슥한 전나무 숲의 널빤지 집, 농부들이 쌓아놓은 건초더미 뒤편, 속이 깊은 고목의 구멍 속…… 잘 찾아올 수 있도록 군데군데 찢어진 옷 조각 같은 힌트를 뿌려두긴 했지만, 애초에 아이들의 비밀 따윈 죄다 알고 있었어. 아이들의 어머니인 여자들도, 그리고 나도."

그때 멀찌감치서 눈가를 닦으며 지나가는, 여름 반 팔을 입은 여자아이가 헥터의 눈에 들어왔다. 헥터는 낮게 읊조렸다. 그러나 지나가는 이들의 눈엔 통화라도 하는 것처럼 보였으리라.

"다른 가난한 집 자식 따윈 안중에도 없는 여자들도 자기 자식 일엔 울며불며 애원하더군. 그런 이들이 제 손으로 사랑하는 아이의 목을 비틀게 만드는 것이 얼마나 재밌던지."

여자아이가 빠른 걸음으로 헥터를 스치고 지나갔을 때, 헥터는 알 수 있었다. 그가 찾던 아버지, 혹은 형제자매가 방금 이 소녀와 접촉했다는 것을.

행운이 아닌가? 그는 미끼를 발견했고, 일은 쉬워질 터였다. 벌써 꽤 벌어진 소녀와의 간격을 어림하며, 헥터는 걷기 시작했다. 눈물에 시야가 부옇게 흐려져 저를 따라오는 누군가가 있는 줄도 모르는 지서가 걷고 또 걷다가, 제 아파트 계단실로 들어갈 때까지.

지서는 식은 눈물을 흘리며 걸었다. 이 밤, 지서는 배고프고 두렵고 춥기에 제가 알고 있는 따뜻한 것을 떠올리려 애쓰는 중이었다. 이따금 제 멍 자국을 눈치채준 초등학교 선생님들, 원망스러운 마음을 비집고 불쑥 생각나는, 어릴 적 저를 토닥여주었던 샛별의 손에 어려 있던 온기 같은…… 그러나 이 밤은 마지막까지 모질게 굴어 마땅하다는 듯, 울고 있는 지서의 뒷덜미를 잡아챘다. 그저 사랑했던 아이와 좀 전까지 있었다는 이유만으로, 악마의 아들에게…….

미처 뒤를 돌아보기도 전, 막막한 어둠이 지서를 덮쳤다.

샛별은 보았다. 아파트 창문으로, 저 아래에서 성냥개비처럼 작아 보이는 지서를. 몹시 후회스러웠다. 멍자국을 보는 게 아니었는데.

불어 터진 라면 1인분이 냄비 속에 고스란히 남아 있었다. 샛별의 기억 속 지서는 한여름에도 좀처럼 살갗을 드러내지 않았다. 오늘의 샛별은 반팔 하복을 입고 늦가을 밤을 쏘다니고 있었지만…….

지서가 빨개진 얼굴로 외쳤다.

"이제 내가 노는 애라고 너도 날 무시해? 내가 살인자라도 되는 것처럼 대한다? 내가 너무 더러워서 어울리기도 싫다 이거지."

그런 이유로 내보낸 것은 아니었는데. 그래도 샛별은 그 말을 뇌리에서 떨칠 수 없었다.

문득 오래전에 아빠가 읽어준 전래동화가 떠올랐

다. 죽은 돼지 사체를 짊어진 남자가 '내가 사람을 죽였다'라고 말하니, 오직 그의 진실한 친구만이 남자를 집 안에 들이고 숨겨주었단 이야기. 이야기를 처음 들었을 때 아빠에게 묻긴 했다. 친구가 범죄를 저지르면 경찰에 신고하는 게 진실한 친구 아니냐고. 그때 아빠가 뭐라 답했는지, 샛별은 구체적으로 기억이 나진 않았다. 그러나 돼지 사체를 짊어진 남자의 막막함은, 믿었던 친구들에게 내쫓긴 마음만은 어찌어찌 샛별의 머리에 각인된 것을 보니, 아빠가 무진 애를 썼던 모양이었다.

……막막함이라.

상관없다. 제 아버지한테 맞다가 이제는 소위 노는 애가 된 옛 여자친구 따위, 완전 알 바 아니고말고. 그렇게 생각하며 샛별은 다시 추리닝 상의를 집어 들었다.

예의 느긋한 목소리가 머릿속에 떠올랐다.

— 나 없이 집 밖으로 나갔다간 꽤 곤란해질지도.

그걸 경고라고 할 수 있나요, 어머니? 그렇다면 두 번씩이나 곤란 속으로 굳이 기어들어 가는 저를 용서하시길.

빈집의 현관문이 닫혔다. 그리고 전화벨이 울렸다. 낯선 번호였다.

"이제야 받는구만. 네 집 벽에 어떤 대단하신 분의 마법이라도 걸려 있나 봐? 영 뚫고 들어갈 수 없더라고.”

휴대폰 너머의 목소리는 어딘가 익숙하고도 낯설어서, 샛별은 혹 제가 아는 이인가 싶어 기억을 짜냈다. 없었다. 지서의 아버지인가?

나른한 목소리가 들려왔다.

“괜히 힘 빼지 마라. 넌 날 몰라. 난 널 알지만.”

샛별은 괜스레 힘주어 대꾸했다. 누가 뭘 시키면, 꼭 그 반대로 하고 싶었다.

“네가 누군지 알아낼 수 있어.”

“그래, 곧 알게 될 거야. 아, 맞아…….”

남자가 웃었다.

“네 친구는 내가 데리고 있어. 친구의 집쯤은 기억하겠지?”

샛별은 혼란스러웠다. 진짜 지서의 부친이신가. 그 망할 놈? 그때 머릿속에 어머니의 경고가 떠올랐으나, 샛별은 무시했다.

샛별이 짧게 대꾸했다.

“기다려.”

“좋아, 오는 동안 서로 통성명이나 하며 시간 때우자고. 나는…….”

전화가 끊어지자 헥터가 투덜거렸다.

“……성질 한번 급하네. 그렇지?”

그렇게 말하며 제 가슴께에 머리가 올락 말락 작은 키의 여자아이를 내려다보았다. 아이는 사시나무처럼 떨고 있었다. 자기 집 문 앞에서.

헥터는 그게 조금 묘하다고 느꼈다. 아이의 집엔 가족들이 있을 터였고, 가족들은 아마 사태 파악을 마친 순간 헥터에게 덤벼들 것이다. 그런데 이 여자아이는 왜 백지장처럼 창백해졌는가.

문이 열리자 헥터는 답을 알게 되었다.

“……미친년이, 어디서 걸레같이 몸을 굴렸길래 이런 놈을 달고 와? 야 이…….”

아, 이런 집구석이었군.

헥터가 심드렁하게 내뱉었다.

“술에 곯은데다 배 나온 중년 남자라니, 전혀 내 취향 아냐.”

불콰한 낯의 남자가 멈칫하더니, 신발장에 비스듬히 기대어 서 있던 야구 방망이를 집어 들었다. 잔뜩 겁을 먹은 남자가 잇새로 쉴 새 없이 시발, 시발 중얼거리며 도사렸지만, 헥터는 아무렇지 않게 서 있었다.

지서는 충혈된 눈으로 그런 둘을 번갈아 보았다. 헥터의 키가 컸기 때문인가, 아버지가 이상할 만치 작아 보였다.

헥터가 말했다.

"그 야구 방망이 이리 줘."

그리고 지서는 보았다. 아버지의 얼굴 근육이 기묘하게 뒤틀리더니, 마치 무언가를 빼앗기지 않으려 애쓰는 표정으로…… 처음 본 남자에게 야구 방망이를 건네주는 것을.

헥터는 야구 방망이를 지서에게 주었다. 그리고 엉겁결에 받아 든 지서의 어깨를, 지그시 눌렀다.

속삭였다.

"저놈 죽여."

야구 방망이를 쥔 지서의 손이 높이 올라가더니, 맞은 편의 아버지의 머리를 내려쳤다. 맞은 이가 비틀거리며 현관 벽을 붙들었다.

핏방울이 바닥에 점점이 떨어졌다.

헥터가 평온한 목소리로 말했다.

"저항하지 마, 시간만 낭비될 뿐이니까. 나는 저자가 싫어. 그리고 너도 그렇게 생각할 텐데?"

지서가 한 번 더 야구 방망이를 휘둘렀다. 야구 방망이가 더 빨라진 속도로 아버지의 어깨를 강타했다. 아버지가 무릎 한쪽을 꿇더니, 핏물과 눈물, 침이 흘러내린 얼굴을 들어 제 딸을 올려다보았다. 불결하고 불쾌했다. 지서는 입을 벙긋거렸다. 뭐라 말하고 싶었으나, 목소리는 입 밖으로 나오지 않았다.

뺨으로 눈물이 흘러내렸다. 최초의 반격을 내가 아닌 타인의 의지로 하고 있었다. 그러나 야구 방망이를 휘두르는 손은 나의 손…….

그것이 참을 수 없이 끔찍했다. 참을 수 없을 만큼 기뻤다.

머리가 으깨진 피투성이 시체 옆에 여자아이가 엎드려져 있었다.

샛별은 곧장 지서에게 다가갔다. 코 아래에 손가락을 대보니, 따뜻한 숨이 느껴졌다. 그러는 동안 왼쪽, 어둠 속 소파에선 도저히 무시하기 힘든 익숙하고도 낯선 존재감이 풍겨왔다.

"그 앤 괜찮아. 그러니 이쪽도 좀 봐주지 그래."

헥터가 말했다. 그는 소파에 앉아 있었다.

샛별이 일어났다. 지서를 살펴보느라 꿇었던 바지 무릎은 빨갛고 척척했다. 발걸음을 떼자 바닥에 놓여 있던 야구 방망이가 채였다. 역시 핏물이 배어 있었다.

"네가 죽였어?"

"저 남자? 아니. 야구 방망이를 휘두른 건 그 애야."

헥터가 덧붙였다.

"아마 저 애는 야구 방망이 휘두르며 신나지 않았을까."

"집어치워. 너, 뭐냐?"

"천천히 해. 그보다 너, 저 애 때문에 이렇게 달려올 정도면 꽤 친한 사이였나 본데…… 그런데도 쟤 아버지가 딸을 때리는 놈인 줄 몰랐나?"

샛별이 어금니를 깨물었다. 그 모습을 헥터는 퍽 재밌다는 듯이 바라보았다. 그러곤 소파를 툭툭 쳐 보였다.

"좀 앉아. 이렇게 만난 것도 인연인데, 얘기 좀 나누자고."

"난 할 얘기 없어."

"딱딱하게 그러지 마. 너 그럼, 설마……."

헥터가 목소리를 낮추었다.

"우리가 남매라는 걸 알아도, 나와 얘기하기가 싫어? 백 살이나 어린 동생아."

샛별이 얼굴을 사납게 일그러뜨렸다.

"그게 무슨 개소리야."

헥터의 얼굴에서 미소가 지워졌다.

"설마…… 아버지가 말을 안 하셨나? 이것 참 섭섭

한데."

아버지? 아빠?

동요한 기척을 내비치지 않으려 애쓰면서, 샛별은 생각했다. 어머니가 아니라 아버지라고? 샛별이 아는 한, 아버지는 평범한 인간이었다. 비록 자궁이 있어서, 달마다 생리를 하긴 하지만…… 그 외엔 평범한 시스 헤테로 남자. 그렇게 알고 있었다, 샛별은.

"앉으라니까."

싫다고 했잖아.

그렇게 말하려 했다. 그러나 다리 근육이 먼저 움직였다. 마치 보이지 않는 힘이 외부가 아닌 샛별의 내부에서 이끄는 것처럼. 샛별은 휘청이며 발걸음을 옮겼다. 한 발짝, 한 발짝. 피가 고인 바닥을 밟았다. 시체의 배를 밟았다. 이를 갈며 멈추려 저항했지만, 결국 소파에 도착했고 앉을 수밖에 없었다.

헥터가 킬킬댔다.

"앉으라고 한 거, 부탁이 아니었어. '나와 같은 존재'를 다루는 것은 처음인데, 꽤 힘들긴 하지만 그래도 말을 잘 듣는구나. 착해."

헥터가 샛별의 정수리를 쓰다듬었다. 개를 칭찬하듯. 샛별은 그 손을 쳐낼 수 없었다. 움직일 수 있는 것은 눈, 그리고 입뿐이었다.

'뭐지? 나와 같다고? 정말로 반인반마인가? 내게 정말로 형제가 있다고?'

"너 진짜 생각이 표정에 그대로 다 드러나는구나. 재밌네…… 나는 네가 궁금했어. 악마 하나가 알려주었거든. 내게 배다른 동생이 있단 사실을 말이지."

샛별은 뜻대로 안 되는 몸 대신 사고에 집중했다. 방금 이자는 '힘'을 썼다. 반인반마가 맞다, 아마도.

내 형제인 것도 아마 맞겠지. 아빠나 어머니나, 내게 비밀이 많은 사람인 것은 새삼스럽지 않아.

헥터의 표정이 바뀐 것은 순식간이었다.

"보고 나니까 그냥 삑삑거리는 평범한 애새끼라서 딱히 깊은 이야길 나눌 정도로 마음이 동하지 않네. 잠깐 앉아 있을래?"

헥터가 일어나 주방으로 갔다. 같은 동족이기 때문일까, 샛별은 그의 다음 행동을 짐작할 수 있었다. 이 자식은 반쪽짜리 악마일 뿐 아니라 반쪽짜리 인간이었다. 게다가 미친놈이었다. 미친놈이 뭘 할지는 너무도 뻔했다.

헥터는 식칼을 들고 왔다.

"자, 그러면 바닥에 누워줄래?"

샛별은 그가 시키는 대로 바닥에 누웠다. 여전히, 마음대로 움직일 수 있는 것은 입밖에 없었다.

"뭘 하려고?"

"네 심장을 꺼내어 아버지를 소환하려고 해. 보통의 제물로는 영 와주질 않더라고. 하지만……."

남자의 목소리가 어찌나 태평한지, 유튜브 채널에서 '지금부터 요리를 하려고 합니다. 먼저 생선 비늘을 긁어내고 내장을 뺄게요.'라고 말하는 것 같았다.

"아버지의 딸이라면, 좀 다르게 반응하지 않겠어?"

샛별은 필사적으로 머리를 굴렸다.

"반인반마를 죽이는 방법, 알긴 해?"

"뭐, 성수를 쓰거나 십자가를 쓰면 되지 않을까? 공교롭게도 지금의 내겐 둘 다 없네. 할 수 없지 뭐."

헥터가 식칼을 쳐들었다.

"제아무리 반인반마라도 어떻게든 되지 않겠이?"

반인반마를 죽이는 방법. 먼저 악마로서의 이름을 불러 그를 몰아내고…… 이름……. 그러나 지금 샛별의 머릿속에 떠오르는 악마의 이름은 오직 하나뿐이었다. 식칼이 목을 겨냥하고 내리꽂히는 순간, 샛별은 비명처럼 외쳤다.

"루시퍼!"

헥터는 보았다. 짤막한 검은 머리를 빗어넘긴, 검은 정장 차림의 여자가 맨바닥에서 느릿하게 솟아오르는 것을.

"……여자라고?"

헥터는 비틀거리며 일어나 몇 발짝 물러났다. 여자는 거의 헥터만큼이나 키가 컸다. 게다가 동양인 얼굴이었다.

말도 안 돼.

여자가 딸을 내려다보며 간결하게 말했다.

"불러서 왔다."

제물도 쓰지 않고, 소환진도 그리지 않았는데 왔다고? 저 계집애의 말 한마디에?

미소가 그려진 헥터의 가면이 부서졌다. 그는 경련하는 입 근육을 간신히 제 뜻대로 움직이며 물었다.

"당신이 루시퍼인가? 내 아버지……."

그는 숨을 삼키곤 물었다.

"……어머니?"

"그렇다."

짧은 대답. 그리고 루시퍼가 헥터를 보았다.

"사라가 너를 낳았지. 그녀가 아무 말도 해주지 않았나?"

헥터가 간신히 일그러진 미소를 지어 보였다.

"그 여자는 내게 자질구레한 걸 말해줄 만큼 오래 살지 못했지. 그나저나, 왜 온 거지? 이건 불공평한데. 내가 불렀을 땐 오지 않았잖아."

루시퍼가 눈썹 한쪽을 치켜올리더니, 팔짱을 끼곤 대꾸했다.

"이름을 잘못 불렀잖나. 난 '아버지 루시퍼'가 아니라서? 하, 농담이다. 너도 알 텐데, 왜 내가 너를 버렸을까?"

"그게 무슨……."

"사라 프라이데이에게 무슨 짓을 했지?"

그 말에 헥터의 얼굴이 하얗게 질렸다.

어머니가 제 손으로 사랑하는 사람을 죽이게 만드는 것이 재밌었다. 밤마다 우는 것이 즐거웠다.

헥터가 대꾸했다.

"그 여잔 그런 꼴 당해도 쌌어. 부정한 여자였지. 당신이 떠나간 뒤로 연인을 총 일곱 명이나 만들었다고. 나는 그 여자가 제 연인들을 모두 목 졸라 죽이게끔 만들었다. 당신에게서 받은 힘으로 말이야! 그날도 아버지, 아니 어머니인 당신을 찾았어. 당신은 오지 않았지!"

그는 숫제 악을 썼다. 목에 핏줄이 불거졌다. 그런 헥터를, 샛별은 가만히 올려다보고 있었다. 무언가 골똘히 생각에 잠긴 낯으로.

샛별이 말했다.

"네가 부정하다고 말한 행위, 루시퍼한텐 아무런 문제가 되지 않았을 거야. 넌 그저 네 어머니를 혐오했기에 그 모든 살인을 벌인 거지."

그러곤 덧붙였다.

"넌 루시퍼를 위해 살인한 게 아니야. 너 자신을 위해 살인한 거라고. 넌 그냥 쓰레기 같은 인간일 뿐이야, 헥터."

헥터가 딱딱하게 내뱉었다.

"그래? 그렇다면 널 죽일 땐 내 손에 피를 더하지 않기로 하지. 일어나."

여자아이가 일어섰다. 샛별이 아닌, 지서가.

샛별의 얼굴에서 핏기가 싹 달아났다.

지서는 눈을 뜬 채로 꿈을 꾸는 듯했다. 역한 피 냄새, 발치엔 아버지의 시체.

누군가 지서의 손에 칼을 쥐여주었다. 그리고 속삭였다.

"찔러. 너도 그러고 싶잖아?"

'저기에 샛별이 누워 있었. 아, 누군가의 말대로다. 나는 저 애가 밉다. 나를 쫓아낸 아이. 너는 내 멍 자국을 보았어. 보고도 못 본 척했어. 나를 무시했어. 죽어 마땅해. 타인의 의지 때문이 아니야. 내 마음으로, 죽이고 싶다. 너를.'

지서는 다시금 칼을 고쳐 쥔 후, 내리꽂았다.

찰나의 시간이 영겁처럼 느껴지는 듯했다. 지서는 식칼을 쥔 손에 힘을 주었다. 목이 아니라 가슴이었다.

눕혀 찌른 식칼이 갈비뼈 사이로 꽂혔다. 누워 있던 여자아이가 피를 왈칵 토해냈다.

심장까지 깊숙이 박힌 칼날이 휘청이며, 지서의 손아귀까지 박동을 전달했다. 그만 지서는 칼을 놓친 채, 손을 떨었다.

아직 익숙하지 않았다, 이 감각은. 누군가를 아프게 만드는 일은. 두 번째로도 부족한 것 같았다. 지서는 가슴이 답답해졌다. 대체 얼마나, 얼마나 많이 죽여야 나는 능숙해지는가. 어서 어른이 되고 싶다. 맞고 사는 건 지겨워.

그때 또 다른 목소리가 속삭였다. 괜찮아.

목소리의 주인이 지서를 힘껏 안았다. 지서는 속절없이 안겼다. 칼이 더욱 깊숙이 박혔고, 샛별은 눈을 감았다.

지서는 만족스러운 포만감과 함께 다시 정신을 잃었다.

샛별은 피를 삼켰다. 웃음이 터져 나오는 것을 어찌할 수 없었다.

이걸로 빚은 갚았어. 너도 뭐라고 못하겠지.

헥터는 시트리의 말을 떠올렸다. 인간의 몸을 잃으면 루시퍼와의 인연도 끊어진다고? 그래, 그렇게 만들어줄 것이다. 동생과 루시퍼의 연결을 끊고, 육체적으로도 최대한 고통을 느끼게 만들며 심장을 뽑아낼 것이다. 그래서 루시퍼에게 들이밀 것이다. 그는 어째서인지 알 수 있었다. 루시퍼가 그를 막지 않으리란 것을…….

재밌을 터였다. 지옥의 왕을 도발하는 일은.

"……모데우스."

……?

다음 순간, 헥터는 주먹을 맞고 나동그라졌다.

"무슨…… 루시퍼, 당신 끝까지 불공평하군!"

"방금 그건 내가 아니다."

루시퍼가 대꾸했다. 그녀는 여전히 팔짱을 낀 채로, 모든 것을 내려다보고 있었다. 마치 시합을 관전하는 심판처럼. 그렇다면 대체 누가……?

설마.

주먹을 날린 샛별이 서 있었다. 여전히 기침하면서, 두 손으로 식칼을 뽑아냈다. 피가 울컥, 솟더니 잠시 후…… 멎었다. 여자아이는 고통스러워하고 있었지만,

살아 있었다. 게다가 움직이고 있었다.

샛별은 천천히, 또박또박 말했다.

"네 진짜 이름은 아스모데우스야."

그러더니 입가에 피를 묻힌 채 웃었다.

"너, '순서'가 틀렸어."

샛별의 손엔 칼이 들려 있었다. 헥터는 다리에 힘이 들어가지 않았다. 대체 왜? '저게' 어떻게 살아 있지? 어째서 난 지금 힘을 쓸 수 없는 거지? 시트리, 시트리는 지금 어디 있지?

정말로, 내 이름이 아스모데우스라고?

그걸 이제야 알게 된 거고?

"아무것도 모르나 본데,"

갑작스레 머리털이 잡아당겨지는 아픔에, 헥터는 눈을 크게 떴다. 무표정한 낯의 여자아이가 두 발로 서서, 그를 내려다보고 있었다.

루시퍼는 알 수 없는 낯으로 그를 바라보고 있었다.

그러더니 곤란하다는 듯, 아주 살짝, 웃었다.

"왜……?"

짠물이 헥터의 턱, 그리고 목으로 흘러내렸다. 그는 이해할 수 없었다. 어째서.

"조금은 애석하게 됐네."

손에 쥔 칼로 남자의 목을 깔끔하게 그으며, 샛별은 중얼거렸다.

"아무것도 안 도와줬죠."

"그랬나?"

루시퍼가 덧붙였다.

"그를 돕지도 않았지."

"흠, 아니다. 생각해보니 날 많이 도와준 것 같네요. 사라 얘길 했잖아요? 오늘 숙제 범위가 토빗기였다고요. 그리고 반인반마를 죽이는 법에 대한 메모, 그거 뭐였어요? 헥터가 찾아올 걸 다 알고 있었죠?"

루시퍼가 능청을 떨었다.

"그야 숙제는 당연히 시험에 대비하라고 내주는 거다. 숙제 범위가 시험 범위와 겹쳤단 이유로 나를 부정한 출제자라 몰아갈 셈인가? 운명을 빚는 건 내가 아닌데."

샛별은 아랑곳하지 않고 외었다.

“토빗기에도 사라가 나오죠. 그녀는 결혼 첫날밤마다 남편을 목 졸라 죽이게 만드는 악마가 씌었는데, 그 악마의 이름이 아스모데우스.”

그리고 루시퍼를 빤히 노려보았다.

“왜 내게 형제가 있단 얘길 안 했어요?”

루시퍼가 어깨를 으쓱했다. 그 태연한 얼굴이 몹시 잘생겨서, 샛별은 조금 약이 올랐다.

“헥터 프라이데이가 태어난 것은 백 년도 더 전의 일이니까. 그 정도 나이 차라면 형제라기보단 조상님에 가깝지 않나?”

여자아이는 바닥을 내려다보았다. 세 명의 인간이 누워 있었고, 그중 둘은 시체였다.

“내게 다른 형제나 자매가 또 있나요?”

루시퍼가 긍정했다.

“내가 네 아버지만 사랑한 건 아니야.”

샛별은 심란한 낯으로 제 어머니의 표정을 살폈다. 루시퍼의 얼굴엔 딱히 감상이 어려 있지 않았으나, 샛별은 반쪽짜리 인간이었다. 그래서 어쩌면, 저 살가죽 안엔 저와 닮은 무언가가 들어있을지도 모르겠다고 생각해버리고 말았다.

“사라 일은 안 됐어요.”

“글쎄, 딱히 그렇진 않아. 지옥에 내려갈 때마다 언제든 그녀를 볼 수 있거든.”

“아, 진짜.”

루시퍼가 히죽거렸다.

“네 여자친구나 잘 챙기지 그러니. 참, 그리고……시트리.”

시트리가 죄지은 낯으로 나타나자, 샛별은 내심 감탄했다. 와, 악마도 저런 표정을 짓는구나. 맨날 오만한 얼굴만 보고 살았는데.

루시퍼가 시트리의 어깨에 손을 얹었다.

“우리 할 이야기가 있지? 나, 그리고 너, 또…….”

루시퍼가 헥터의 시신을 가리켜 보였다.

“저 녀석, 셋이서.”

시트리의 표정이 불쌍할 정도로 찌그러지자, 샛별이 손을 들었다.

“잠깐만요. 시트리를 데려갈 건가요?”

루시퍼가 대꾸했다.

“이건 어른들 일이니 나서지 않으셨으면 하는데.”

샛별이 고개를 주억거렸다.

“나서려는 것 아니고요. 어머니 말씀을 충실히 이행하는 거거든요? 여자친구 챙기려고요. 알아듣겠어?

시트리……."

샛별은 여전히 정신을 잃은 채 쓰러져 있는 지서의 손을 잡고선 턱짓을 했다.

"핏자국이랑 시체 좀 치워주고 가."

시트리의 얼굴이 한층 더 찌그러졌다. 루시퍼가 재밌단 표정으로 물었다.

"깨끗해진 친구 집에서 뭘 할 거지?"

샛별이 씩 웃었다.

"같이 게임 해야죠."

산상수훈

✦ 《우리가 다른 귀신을 불러오나니》(한겨레출판, 2022년 7월) 수록

그 애가 그림처럼 감고 있던 눈을 떴을 때, 상투적인 표현이지만 가슴이 철렁했다고밖엔 못 하겠다. 정말 그랬으니까. 아스팔트 도로로 세차게 내던져진 듯이 아프던 그날의 심장이, 살인 시도를 들켜서 그런 게 아니었단 걸 깨달은 건…… 더 먼 훗날의 이야기이고. 그 순간, 그 애의 목에 두른 내 열 손가락 하나하나에 힘을 주다가 풀어버린 그때엔 오직 그 생각만이 머릿속에 가득했다.

'이거',

어떻게 죽이지?

★

　“이거, 편의점에 가서 공병 좀 바꿔와주라. 나 지금 머리 안 감아서 나갈 수가 없네. 그리고 맥주 한 병 사 다줘.”

　남편이 맥주병 두 개를 내밀었다. 나는 비어져 나오려는 웃음을 감추기 위해 고개를 숙였다. 남편은 술이 약했다. 소주 두 병도 아니고 맥주 두 병을, 실직한 가장의 아픔을 곱씹겠답시고 깡으로 마신 것이다. 웃을 상황이 아니지만 웃음이 났다. 마신 것은 남편인데 취한 것은 나인지, 현실 감각이 하나도 없었다.

　그저 무한히 태클을 걸고 싶었다. 공병 팔아 부자 되게? 술을 안 처먹었으면 그만큼 돈을 아꼈을 것 아니야. 머리는 시발, 지금 당장 감으면 될 것을 염병을 떤다. 너 몇 달 뒤에 아빠가 된다는 자각이 없냐? 네가 그러고도 목사 아들놈이야?

　꾸역꾸역 말을 토해내는 대신, 나는 술병을 받아 든다. 수십 년 전 문학에나 나올 법한 장면이 머릿속에 그려진다. 술 더 사 오라고 행패 부리는 남편과 고분고분 시중들어주는 아내…… 별로 좋은 그림이 아니다. 적어도 내가 좋아하는 그림은 아니다.

나는 잠시 술병 모가지가 부숴져라 움켜쥐어 보았
다. 이걸로 눈 앞의 새끼 머리를 후려 팰까. 그러나 배
속 아이 정서에 좋지 못할 것 같아 참기로 했다. 스트
레스받는 것도, 다 태교에 좋지 못할 터였다. 나는 고
개를 들었다.

"오빠 나흘째 머리 안 감은 거 알아? 나 편의점 다
녀올 동안 좀 씻어."

그렇게 말하며 웃자, 남편이 시뻘게진 얼굴로 히히
웃었다. 나는 더 크게 웃었다.

망했구나, 나는.

정말 좆같이 망했다.

떠올려본다. 흰 종합장에 예수님을 그리고, 배경으
로 에덴동산을 그려 칭찬을 받던 시절을. 적당히 데워
진 욕조 물에 온몸을 맡긴 것처럼 안온하다 느낀 날
들을.

언제부터 망가졌는가?

"영상 잘 봤죠, 여러분? '복음의 새순'이 이렇게 무
서워요. 다들 설교 시간에 졸지 말고, 공과 공부 시간
에도 장난만 치지 마. 그러다 교회에 잠입한 복음의
새순 신자들이 여러분 꾀어내면, 평소에 성경 공부 열
심히 안 하던 여러분은 '어? 목사님, 전도사님이랑 별

로 다른 말 하는 것 같지 않네?' 하면서 어어 하는 사이에 이단이 지껄이는 말들에 정신 쏙 빠진다고. 그러면 어떻게 되는 줄 알아?"

전도사가 오른 손날로 왼손바닥을 탁, 쳤다.

"지옥 가는 거야."

정지 화면 속의 여자아이는 무어라 말하려던 입을 다물지 못한 채로 굳어 있었다. 빈말로라도 못생겼다 하기 힘든 애였다. 피부도 뽀얗고…….

아, 이단 사이비들은 저렇게 생겼구나. 나는 정신없이 그 애를 바라보았다…… 째려본다고 생각하면서.

한 남자아이가 손을 들었다.

"근데요, 복음의 새순인지 아닌지 어떻게 알아요?"

"학생 이름이…… 정사무엘, 맞죠? 질문 잘했어요. 이따 끝나고 5달란트 줄 테니 앞으로 나와요."

나는 남자애가 부러워졌다. '달란트'라고 코팅된 색종이를 모으면 계절마다 교회에서 열리는 달란트 시장에서 물건을 살 때 쓸 수 있었다. 그리고 달란트 시장에서 5달란트란 결코 낮은 가치의 화폐가 아니었다. 나는 좋은 질문을 던지기 위해 전도사의 말에 귀를 기울였다.

전도사가 말했다.

"'기적'을 보여주겠다고 하는 사람들을 조심하세요. 복음의 새순은 자기들 말론 예수님의 힘으로 모자에서 비둘기를 꺼내고 앉은뱅이를 일어나게 한다고 말하니까. 아, 그리고 동성애자들도 조심하세요. 남자끼리 사귀고 뽀뽀하자고 하는 애들 말이에요."

나도 손을 들었다.

"근데, 근데…… 어…… 그 사람들은, 이단은 어떻게 '기적'을 하는 거예요……?"

전도사는 달란트 대신 언짢은 표정을 꺼냈다.

"그건 기적이 아니에요. 그냥 눈속임이지."

남자애가 앞으로 나가 5달란트를 받고, 전도사에게 머리 쓰다듬 받는 모습이 너무 부럽고 화가 났던 기억이 난다. 그때 나는 어떻게 했었나? 아마 열두 살답게 입을 비죽 내밀었던 것 같다.

공과 공부 시간에 성경 말씀을 가르쳐주는 남선생이 내 뺨을 쓰다듬었다. 심요한이라는 이름을 가진 그는 나보다 여덟 살이 많은 대학교 1학년이었다. 당시엔 까마득하게 키가 큰, 어른스러운 사람으로 느껴졌다.

"하은이 오늘 기분 안 좋아?"

나는 고개를 저었다. 남선생이 더욱 다정하게 물었다.

"오늘 새 학생이 왔는데 교회 나온 우리 반이 하은이밖에 없네. 선생님이랑 셋이 피자 먹으러 갈까?"

"누군데요?"

그 애가 걸어오던 모습은 약 20년이 흐른 지금도 머릿속에 또렷하게 그릴 수 있다. 무릎 위까지 내려오는 흰 점퍼 원피스를 입고 머리는 길게 풀어 내린 열두 살 여자애가 오른손을 쑥 올리더니 좌우로 흔들었다. 말보다 행동을 먼저 그렇게 툭 던진 그 애는 한마디도 먼저 하기 싫다는 듯 앙다문 입매를 하고 있었다. 그러나 맥이 풀릴 정도로 싱겁게 인사를 건네왔다.

"안녕."

하고 창백한 낯으로 씩 웃었다.

불현듯 나는 무언갈 깨달았다. 눈 앞의 아이를 보며 느낀 이 기분, 바로 십몇 분 전에 느끼지 않았던가? '복음의 새순' 영상 속 여자아이와 똑같은 분위기를 갖고 있지 않나.

심장이 마구 뛰었다. 이 애는 불경하다, 고 표현할 만큼 열두 살의 어휘력은 좋지 못했다. 그래서 나는 입 속말로 중얼거렸다. 안 좋다, 나쁘다, 이상하다…….

그렇게 나는 첫눈에 알았다. 본능적으로 직감했다. 이 애가 이단이라는 것을. 이 넓디넓은 교회에서, 오직

나만이 알고 있었다. 다들 알아차려야 하는데, 그래야 교회 사람들을 꼬여내기 전에 쫓아낼 수 있는데.

나는 선생의 셔츠 자락을 잡아끌었다. 한 번도 보인 적 없는 행동에, 선생의 눈이 휘둥그레졌지만 아랑곳하지 않았다. 여자애의 커다란 눈이 더욱 커다래졌다.

"선생님, 저랑 잠깐…… 화장실 다녀와요."

"야, 갑자기? 너는 여자고 나는 남잔데 어떻게……."

어떻게든 초등부실 밖으로 끌고 나와 내가 알아낸 바를 말하자 선생이 말했다.

"모태신앙이야. 어머니 배 속에 있을 때부터 교회를 다녔대. 하은이가 갑자기 뚱딴지같은 소릴 하네? 너 혹시……."

그러더니 능글맞게 웃었다.

"질투해? 선생님 뺏길까 봐?"

"아니에요!"

"아, 무슨 여자애가 손이 이렇게 맵냐. 그래, 알았어. 우리 셋이 피자나 먹으러 가자."

선생이 웃으며 내 뺨이며 정수리를 쓰다듬는 것은 솔직히 싫지 않았다. 교회에서 유일하게 내게 잘 대해 주는 어른이었다. 엄마, 아빠까지 포함해도.

어쩌면 그냥 정말 선생님을 뺏길까 봐 질투가 난 건

가? 그래서 사람을 잘못 봤나? 나는 혼란스러웠다.

초등부실로 돌아가자 여자애는 다른 아이들에게 둘러싸여 있었다. 저학년, 4학년 애들이 신기하다는 듯이 여자앨 구경하고 있었다.

여자애가 물었다.

"오늘 공부 안 해요?"

"오늘은 새인이 왔으니까 피자 먹으러 가려고. 아, 사람 수 적으니까 돈 덜 들겠다!"

강새인, 그게 여자애 이름이었다.

어린애의 본능으로 알았던 것 같다. 강새인, 눈앞의 이 여자애는 복음의 새순, 그러니까 도둑이라고. 사이비, 이단이라고. 교회 사람들을 홀려서 자기네 교회로 훔쳐 가고, 끝내 지옥으로 끌고 내려갈 거라고.

그렇지만 그때조차 미처 몰랐다. 그 도둑이, 내 인생의 안온한 시절까지 송두리째 훔쳐 가버릴 것이라곤.

"……."

휴대폰 너머의 침묵이 길어서 조바심이 났다. 한참 만에 돌아온 말은 이랬다.

"내가 왜 그래야 하는데?"

그 짧은 문장 하나에 새인의 감정이 얼마나 짙게 고아져 있을지 생각해보았다. 그게 평소 새인이 말하는 방식이었으니까. 한마디만 해도 너무나 화자의 의도가 잘 전달되는 것. 평소엔 들개 떼에 생쥐 한 마리 무심하게 툭 던지는 듯한 그 화법이 마음에 들지 않았지만, 이런 상황이 되니 차라리 감사하게 느껴질 정도였다. '네가 먼저 박차고 나갔잖아'라고 비꼬지 않는 게 어딘가? 게다가 아쉬운 쪽은 새인이 아닌 나였다. 그래서 나는 즉각 숙였다.

"미안해. 내가 잘못했어."

긴 한숨, 혹은 짧은 한숨도 들려오지 않았다. 강새인은 그저 이렇게 말했다.

"알면 됐어."

"……음, 그러면…….."

그제야 한숨 소리가 넘어왔다.

"하자, 동업. 다시."

나는 고맙다, 미안하다 연거푸 말하다 통화를 끝냈다. 일이 잘 해결되고 있었다. 선착장에 도착하는 오리 배들처럼, 차차 상황에 대한 생각들이 하나둘 정박했다. 어릴 적부터 새인에게 느껴온 꺼림칙함이 첫 번째였다. 독실한 기독교 신자 집안에서 태어나 목사 아들과 결혼까지 해놓고선…… 결국 이단, 사이비, 마녀 강새인에게 다시 손을 벌리다니. 정말 갈 데까지 갔구나,

엄하은.

또 하나의 생각이 고개를 들이밀었다. 강새인이 나를 용서했다고? 그럴 리가 없는데. 나를 용서했다고?

그 '강새인'이?

거짓말.

그렇게 생각하면서도 나는 입을 헤 벌린 채 '기적'을 구경하고 있었다. 다른 아이들은 새인의 능력을 '마술'이라고 부르며 신기해하고 동경했지만, 나는 새인의 능력이 눈속임에 불과한 '기적'임을 알고 있었다. 쟨 '복음의 새순'이니까. 이단이니까.

새인이 다시 동전을 튕겼다. 손때 묻은 백 원짜리 동전은 구르지도 않고 단번에 바닥에 착지했다. 100, 숫자 면이 위였다. 이번에도, 또. 열다섯 번째였다.

"진짜 신기하다, 새인아. 어떻게 하는 거야?"

새인이 어깨를 으쓱했다.

"그냥. 난 내가 원하는 면이 보이도록 동전을 튕길 수 있어. 내 맘대로 되더라고."

"눈속임이지?"

내가 큰 소리로 물었다. 새인이 나를 빤히 쳐다보았고, 다른 아이들의 시선도 차례차례 내게로 꽂혔다. 짜증이 났다. 애들도 다 나랑 같이 그 복음의 새순 영상을 봐놓고, 이런 것에 속는 게 한심했다. 그래서 나는 일부러 더 큰 소리로 말을 이어 나갔다.

"그 동전, 분명히 다른 쪽 면에 뭔가 해놨을 거 아냐."

나는 새인의 속임수를 알아내기 위해 마술 관련 책을 열심히 읽어 꽤 많은 마술 트릭에 대해 알아낸 터였다. 그 책들엔 동전 던지기 마술, 그 비슷한 것도 있었다. 그러나 새인의 말갛고 무뚝뚝한 얼굴엔 일말의 짜증도 서려 있지 않았다.

"그럼 네가 동전 하나 줘봐. 그걸로 던져볼게."

나는 거의 웃을 뻔했다. 이렇게 뻔할 수가.

"내가 동전 주면 네가 속임수로 '네 동전'과 바꿔치기할 거잖아."

다른 아이들이 웅성거렸다.

"야, 너는 처음부터 새인이를 믿을 생각이 없었던 거네."

"잠깐만, 하은이 말대로 새인이가 거짓말을 한 걸 수도 있지."

누군가가 불퉁스럽게 물었다.

"야, 근데 거짓말이 나쁘냐? 어차피 마술이잖아."

놀랍게도 그 말이 새인의 무표정을 깨뜨렸다.

"거짓말 안 했어."

새인은 찡그린 낯으로 두 손바닥을 펼쳐 보였다. 접힌 오른손 엄지에는 문제의 백 원짜리 동전이 끼워져 있었다.

"검사해. 너희가 검사하면 내가 다시 던져볼게. 그리고 하은이, 너."

그 기세에 눌려 나는 말을 조금 더듬었다.

"어, 어. 뭐."

새인이 웃었다.

"남을 거짓말쟁이라고 주장할 거면 너도 거는 게 있어야지. 십 원짜리든, 오백 원짜리든 상관없어. 아무거나 두 개 주고, 네가 이기면 그대로 다시 가져가면 돼. 그렇지만 내가 이기면 그 동전들은 내 거야."

나는 지갑을 꺼냈다. 헌금으로 쓸 천 원 말고도 지퍼 달린 주머니에 백 원, 오백 원짜리들이 제법 두둑하게 들어 있었다. 충동적으로 동전 한 줌을 잡히는 대로 꺼냈다. 십 원, 오십 원, 백 원, 심지어 오백 원까지 잡은 것 같았다. 예배 끝나고 간식 사 먹으려고 조금씩 모은 돈이었다.

내가 말했다.

"이거 다 걸 테니까, 어디 한번 해봐."

아이들이 다시 시끄럽게 굴었다.

“그거 다 건다고?”

나보다 몇 살 어린 여자애 하나가 조그마한 목소리로 중얼거렸다.

“어, 근데…… 예수님이 교회에서 도박하면 안 된댔는데.”

어느 남자애가 면박을 주었다.

“이게 무슨 도박이냐? 시합이지.”

나는 목소리를 높였다.

“할 거야? 이거 전부 숫자 면이 위로 향하게 떨어지면, 네가 다 가지게 해줄게.”

내 손바닥에서 새인의 손바닥으로, 동전들이 짤랑짤랑 흘러내렸다. 내 손가락은 퉁퉁하고 짤막했는데 새인의 손가락은 길고 곧고 단단해 보였다. 손가락과 손가락이 닿았나. 아니, 닿은 것은 손가락과 손바닥이었나. 어쩌면 아무것도 닿지 않았을지도 모른다. 그저 미지근하고 납작한 동전들과 손바닥에 묻어난 땀이 섞인 것에 정신이 팔려, 착각했을지도 모른다.

초등부실 카펫 위로 동전 여섯 개가 날아올랐다가 추락했다. 전부 숫자 면이었다. 내가 읽은 어떤 마술책에서도 동전 여섯 개가 전부 같은 면이 나오게 할 수 있단 얘긴 없었다. 그건 초등학생 레벨이 아니라는 것

쯤은 문외한인 나도 알았다. 아니, 인간 레벨이 아닐 지도 모르지.

흐물거리는 눈꺼풀을 간신히 부릅뜨며 새인을 노려보자, 그 애는 아무렇지 않다는 듯 팔짱을 낀 채 서서 나를 바라보았다. 퍽 재미있다는 표정이었다. 그 얼굴에서 어떤 노고도 들이지 않고 '기적'을 행한 사람의 오만함을 나는 발견했다.

신난 아이들이 새인에게 몰려들었다. 저건 이단, 사이비, 마녀라고, 내 세상을 허물어뜨리고 있다고, 그렇게 중얼거렸지만 내 목소리는 다른 아이들 귀에는 물론이고 내 귀에조차 전혀 닿지 않았다. 그런 경험은 처음이었다.

그게 공황 발작임을 배운 것은 몇 년이나 지난 후였다.

다시 만난 새인은 세월이 비껴간 것 같았다. 그래서 화가 났다. 저 예쁜 인간한테도 우울증이 있을까? 알 수 없었다. 내가 스물이 지나고부터 밤마다 꼬박꼬박 먹는 공황 발작 약을 먹진 않겠지.

하고 싶은 말, 하고 싶은 행동을 다 하니까. 나는 잠시 증오로 가득한 시선으로 새인을 바라봤다. 새인은 지금 내 감정을 모를 터였다. 나는 원래 가만히 있으면 뚱해 보이니까.

"피곤해 보인다."

새인이 불쑥 내뱉었다. 나는 고개를 끄덕였다.

"남편 사업이 망했어."

사업만 망한 것이 아니었다. 있는 대로 끌어모아 투자한 비트코인도 망했다. 어떤 사람들은 우리가 더 빨리 뛰어들었어야 했다고들 했다. 매사에 느릿느릿 행동하는 것은 신중한 것이 아니라 멍청한 것이라고도 했다. 우리가 답답하다고 했다.

"안됐다."

그렇게 말하는 새인의 목소리엔 온기가 없어서, 별로 위로받지 못한 나는 웃으며 화제를 돌렸다.

"그래서 다시 옛날 사업 하자는 거야. 너하고……."

"너한텐 그게 단지 사업이기만 했어?"

새인의 표정엔 감정이 드러나 있지 않았다. 나는 한숨을 쉬었다. 그래, 이 얘기가 나올 줄 알았다.

"나 결혼했잖아. 너한테 내가 나쁜 년일 거, 알아."

"나는 우리 연애 얘기하는 거 아니야."

"……우린 연애한 적이 없어."

조금 고통스러웠다. 새인은 여전히 우리가 연인이었다고 생각하고 있었다. 새인이 팔짱을 꼈다.

"남들 연애할 때 하는 거 다 해놓고, 연애한 적이 없다고?"

"그냥 호기심에 해봤던 거야. 어릴 때, 그냥 해본 거라고. 그리고 난 회개했어."

눈을 감은 새인의 입에서 금방이라도 '취소'라는 단어가 튀어나올까 봐, 나는 황급히 덧붙였다.

"나는 이제 가정을 꾸리고 살아. 너도 그래야 해."

"이 얘긴 그만하자. 어쨌든……."

새인이 휴대폰을 만지작거렸다.

"다시 '그 짓'을 시작하자, 이거지."

"그런 짓 하는 거 아니야."

손에서 볼펜이 미끄러져 떨어졌다. 나와 다른 여자애 세 명이 동시에 머리 위를 올려다보았다. 키가 큰 새인이 우리를 내려다보고 있었다. 이박 삼일짜리 중등부 여름 성경 학교 첫 번째 밤이었다. 내 얼굴에 홧홧하게 열이 올랐다.

"뭐야 너, 안 잤어?"

"'그런 짓'이라니, 우리가 뭘 했길래 그래."

새인이 입을 열었다. 어처구니없다는 표정이었다.

"교회 수련회 와서 분신사바를 한다고?"

그제야 우리는 우리가 어디 있는지 깨달았다. 한 아

이가 기어들어 가는 목소리로 중얼거렸다.

"야, 좀…… 조용히 말해."

새인의 눈엔 우리가 켜둔 휴대폰 불빛이 어려 있었다. 푸르스름한 인공광이 닿자 그 애는 더욱 창백해 보였다. 그리고 엄숙해 보였다.

나는 갑자기 화가 났다. 내가 잘못한 것은 맞았다. 여름 성경 학교에 와서 분신사바를 하면 안 되지. 하나님께 죄송한 일이 맞지. 그러나 내가 화가 난 것은 새인의 이중성을 보았기 때문이었다. 자기보다 나이 많은 언니들이 아까 불 꺼놓고 남자 친구와의 섹스 이야길 하며 낄낄거릴 땐 가만히 있지 않았나? 그건 참 성(聖)스러운 짓이라 그랬나?

나는 볼펜을 바닥으로 집어 던졌다.

"야, 됐다. 하지 말자."

내가 일어나고, 다른 여자애들도 일어나자 새인의 표정이 멍해졌다.

"왜 화를 내지?"

"화 안 나겠냐? 네가……."

그렇게 운을 뗐지만, 막상 할 말이 없었다.

"난 위험해서 하지 말라고 한 거야."

"뭐가 위험한데. 그냥 장난친 건데 그게 위험해?"

“나, 네 하나님 여호와는 질투하는 하나님인즉.”

새인이 중얼거렸다. 나는 할 말을 잃고 그 애를 바라보았다. 다른 애가 대꾸했다.

“잘난 척하지 마. 십계명은 우리도 알아.”

나는 날카롭게 물었다.

“네가 언제부터 그렇게 독실했다고 그래?”

복음의 새순이면서. 나는 그 말을 토해내려다 간신히 삼켰다. 무언가가 내 입을 꿰맨 것 같았다. 남들 앞에서 새인의 본질을 까발릴 수 없었다. 이것도 ‘기적’일까?

새인은 순순히 인정했다.

“나는 독실하지 않지.”

휴대폰 불빛이 하나둘 꺼지고, 새인은 자기 방으로 돌아갔다. 너무 좁아서 한 명 정도밖에 잘 수 없었기에, 수련회 밤을 즐길 여자애들에겐 버림받았던 방이었다.

내 방이 너무 더웠다. 어쩌면 수치심 때문일지도 몰랐다. 그날, 나는 말도 안 되는 행동을 저질렀다. 그러나 그 당시엔 그 행동 말곤 다른 방법이 없다고 생각했다.

모두가 잠든 새벽, 나는 새인의 방으로 들어갔다. 원래 좁다란 창고여서 그런가, 방은 방이라기보단 관 같았다.

새인 한 사람을 위한 관.

나는 주저했다. 새인의 목을 조르는 것을 망설인 것
이 아니었다. 그러기 위해 새인의 몸에 올라타야 한다
는 것이 꺼림칙했다. 아니, 생각해보니 목을 조르는 것
도 꺼림칙했다. 내 몸과 새인의 몸이 닿는 것이 거북했
다. 그땐 베개로 누를 생각을 못 했다. 만약 그렇게 했
다면 우리의 관계는 정말 많이 달라졌을 것이다.

잠시 머뭇거린 나는 새인의 몸에 올라타 목에 손가
락을 감았고, 그대로 졸랐다. 새인은 죽은 듯이 평온하
게 제 죽음을 받아들이고 있었다. 오직 살아 있는 것
은 다리 아래로 느껴지는 따뜻하고 말랑한 몸뿐인 것
처럼 느껴졌는데……

새인이 눈을 떴다.

입을 열었다.

너희가 다른 귀신을 불러왔구나.

……말할 수 있을 리가 없있다. 니는 온 마음, 미움
과 증오, 미래를 위해 그 애의 목을 조르고 있었으니
까. 그런데도 새인은 말했다.

**다른 귀신이 한 명의 몸에 붙었다. 그 애는 여자인데
귀신은 남자이니까, 곧 다른 몸으로 찾아갈 것이다.**

나는 벌떡 일어나다 낮은 천장에 머리를 부딪치고,
문손잡이에 등을 찧었다. 절로 신음이 새어 나왔다.

어느새 몸을 일으킨 새인이 조용히 속삭였다.

"들었구나."

그러더니 입가에 가느다란 검지를 입에 갖다 댔다.

나는 문손잡이를 열고 뒷걸음질 쳐 창고 방을 빠져나왔다. 따라 나온 새인은 그런 나를 그저 물끄러미 바라보았다. 커다란 창으로 달빛이 흘러들었고, 새인은 하얗게 빛을 받고 있었다. 반짝반짝, 빛이 났다.

그날 내가 어떻게 잠이 들었는지 기억이 나지 않는다. 그러나 나는 잠들었다. 아무 일도 없었다는 듯이. 따지고 보면 정말 아무 일도 일어나지 않긴 했다. 나는 새인을 죽이는 데에 실패했으니까. 그리고 그 후로 다신 새인을 죽이려 하지 않았으므로.

아침 예배 시간이 되었고, 목사는 강단에 올랐다. 주제는 '복이 있는 사람'이었다.

"심령이 가난한 자는 복이 있나니, 천국이 저희 것이요."

"애통해하는 자는 복이 있나니, 저희가 위로를 받을 것이요."

목사의 목소리가 울려 퍼지는 가운데, 옆에 앉은 여자애는 자꾸만 헛구역질을 하고 있었다. 꼭 뭔가를 토해내려는 것처럼. 내가 낮은 목소리로 물었다.

"괜찮아?"

여자애는 고개를 저었다. 얼굴이 땀으로 가득했다.

"……나로 말미암아 너희를 욕하고, 박해하고, 거짓으로 너희를 거슬러 모든 악한 말을 할 때는 너희에게 복이 있나니, 기뻐하고 즐거워하라. 하늘에서 너희의 상이 큼이라."

나는 무수한 사람 머리의 무리 속에서 새인을 찾아냈다. 어제 들은 말들이 떠올랐기 때문이었다. 새인의 입에서 나왔으나 새인의 목소리는 아니었다.

너희가 다른 귀신을 불러왔구나.

다른 귀신이 한 명의 몸에 붙었다. 그 애는 여자인데 귀신은 남자이니까, 곧 다른 몸으로 찾아갈 것이다.

"……너희 전에 있던 선지자들도 이같이 박해하였느니라."

불길한 예감이 들었다. 나는 새인을 노려보았으나, 새인은 나를 눈치채지 못한 듯했다. 그 애는 독실한 기독교인을 연기하고 있었다, 아직도. 목사의 말 한 마디 한 마디를 경청하고 있었다.

헛구역질 소리가 들려와 고개를 돌리자, 여자애는 여전히 식은땀을 흘리고 있었다. 어제 나와 분신사바를 했던 애였다.

다음 날 밤, 그 애는 남자 친구의 오토바이 뒤에 타 드라이브를 즐기다가 트럭에 치여 죽었다. 오토바이에서 튕겨 나간 남자 친구는 경상에 그쳤다.

어쩌면 우리는 연애를 했을지도 모른다, 새인의 입장에선.

성인이 된 그 애는 자기가 레즈비언이라고 밝혔다. 내가 아는 한, 나에게만 밝힌 것 같았다. 이유는 알 수 없었다. 그러나 놀랍진 않았다. 나는 새인이 아주 오래전에 심어진 복음의 새순, 이단, 사이비, 마녀, 악마라는 것을 알고 있었으니까.

그리고 악마는 쉽게 떨쳐낼 수 있는 것이 아니었다. 예수님조차 광야에서 시험당하지 않았던가. 나는 새인에게 10년 정도 놀아날 수밖에 없었다. 그 애가 하자는 대로 했다. 새인은 자기가 원하는 방향으로 동전이 떨어지도록 할 수 있었고, 사람을 저주해 죽일 수도 있었다. 고작 분신사바로 사람이 죽을 리가 없지 않은가. 그건 분명 새인이 일으킨 어떤 '기적'일 터였다. 그 고통스러운 시간 속에서 약간 이득을 볼 수 있었던 건 어쩌면 전화위복이었다고 할 수 있겠다.

"돈을 받고 이 짓을 하자고?"

내 아래에서 새인이 물었다. 나는 새인의 목이 졸릴 때마다 새인에게 뭔가가 '빙의'한다는 것을 알게 된 뒤로 철저하게 새인을 무서워하며 그 애에게 휘둘렸다. 이따금 나는 그 애가 시키는 대로 목을 졸라주어야 했다. 치가 떨리게 징그러운 행위였으나, 나는 할 수밖에 없었다. 오토바이를 타다 트럭에 치여 죽은 여자애처럼, 나도 죽일까 봐 겁났다.

그러나 공포도 매일같이 겪다 보면 무뎌지는 법인지, 어느 날 나는 제법 과감한 제안을 해낸 것이다. 나는 말을 신중하게 골랐다.

"너는 목이 졸릴 때마다…… 어떤 힘이 생기잖아."

나는 새인의 표정을 살폈다. 무감동하게 나를 올려다보는 커다란 눈.

다리 아래로 새인의 복부가 오르락내리락하는 것이 느껴졌다. 그 애는 고르게 숨을 쉬고 있었다. 딱히 화가 난 것 같진 않았다. 나는 새인의 목에 감고 있던 손가락을 떼어냈다.

"나더러 무당이 되라고?"

"……네가 목이 졸릴 때 하는 말들, 그러니까 예언이나 그런 거…… 다른 애들도 궁금해하는 종류의 말들이니까, 좋잖아."

새인은 침묵을 긍정으로 해석하며 나는 말을 이어 나갔다.

"어차피 하는 거, 돈을 벌면서 하면 좋지 않아?"

"너는 가끔 굉장히 미친년 같은 구석이 있어."

새인이 중얼거렸다. 그 말을 듣자 내 입이 비죽 튀어나왔다.

"싫으면 말고."

"하자."

새인이 웃었다.

"어차피 하는 거, 네 말대로 돈 벌면서 하자고."

우리 사업의 시작이었다.

다시 사업을 시작하며, 나는 죄책감을 느꼈다. 새인의 목을 조르는 것에 대한 죄책감이 아니었다. 그건 그 애가 원한 거였으니까.

나는 내 남편, 내 배 속 아기에게 죄책감을 느꼈다. 어쩌면 새인이 나에게 '우리의 연애'에 대해 언급했기 때문일지도 몰랐다. 내가 남편을 배반하는 기분을 느끼게 된 이유는……

게다가 배 속 아기는 목에 탯줄이 감겨 있었다.

며칠 전에 산부인과에 갔다가 초음파 영상을 보게 되었을 때 알게 된 사실이었다. 나는 곧장 새인을 의심했다.

"네가 그랬지?"

나는 새인에게 전화를 걸어 소리 질렀다. 그러나 새인은 영문을 모르겠단 목소리였다. 다 알고 있을 거면서, 내가 전화한 이유까지, 심지어 전화할 시간조차 다 알고 있었을 거면서.

"우리 하람이, 목에 탯줄이 감겨 있다고. 그거 네가 한 짓이잖아."

"그게 어떻게 내가 한 짓이 돼?"

새인의 목소리는 차분했다.

"네가 했잖아. 내가 널 떠났으니까! 아니야?"

"정말 미안한데, 나는 그 일에 유감없어. 그리고 그렇다고 한들, 내가 왜 네 배 속의 태아 목에 탯줄이 감기게 하겠어?"

내가 쏘아붙였다.

"네가 설명해야지. 너 혹시, 내가 네 목을 조르는 게 화가 나서 그래? 그렇지만 네가 원해서 그런 거잖아! 나는……."

갑자기 나는 끔찍한 상상에 사로잡혔다.

어쩌면 우리 하람이가…… 강새인과 같은 사람으로 태어나는 건 아닐까? 목이 졸리면 예언을 뱉는, 이단, 사이비, 마녀, 악마가?

새인이 말했다.

"뭘 생각하는지 알겠는데, 그거 아니야."

"여보, 무슨 일이야?"

잠에서 깬 남편이 졸린 눈을 비비며 내게 다가왔다. 나는 목소리를 죽였다. 내 일을 남편이 알게 할 수는 없었다. 남편에겐 조만간 부업을 시작할 예정이라고 말해놓았다. 그게 무슨 일인지, 남편이 알아서는 안 되었다. 그는 목사의 아들이었고, 과거엔 내 주일학교 선생이었다. 내 상황을 이해하지 못할 게 뻔했다.

내 삶을 저주해 망가뜨린 여자가, 다 안다는 듯 말했다.

"이봐, '사업 파트너'. 너무 나를 싫어하지 마. 이제 네게 옛날 같은 감정 없어. 그리고 우리, 앞으로 같이 일해야 하잖아. 좋든 싫든. 아니야?"

"시작하자."

새인은 그렇게 말하곤 눈을 감았다.

우리는 구인구직 앱에 광고를 냈다. 믿는 자에게 복이 있나니, 라는 촌스러운 캐치프레이즈는 새인이 고집했다. 옛날부터 새인이 산상수훈을 좋아한 것은 알았지만, 이런 곳에서조차 '그 스타일'을 선택할 것이라곤 생각도 해본 적 없었다.

심령이 가난한 자는 복이 있나니 천국이 그들의 것이요.

애통해하는 자는 복이 있나니 저희가 위로를 받을 것이요.

(……)

화평케 하는 자는 복이 있나니 저희가 하나님의 아들이라 일컬음을 받을 것이요.

나로 말미암아 너희를 욕하고 박해하고 거짓으로 너희를 거슬러 모든 악한 말을 할 때는 너희에게 복이 있나니,

기뻐하고 즐거워하라. 하늘에서 너희의 상이 큼이라. 너희 전에 있던 선지자들도 이같이 박해하였느니라.

나는 흠칫 몸을 떨었다.

"방금 너, 뭐라고 말했어?"

새인이 눈을 뜨지도 않고 답했다.

"방금 말한 건 내가 아니야. '그분'이지."

"그분이라니……."

목소리가 떨렸다.

"……어떤 악마인데?"

눈을 뜬 새인이 나를 노려보았다.

"……악마라고 생각했어?"

"……아니란 말이야?"

"여태 그렇게 생각한 거야?"

나는 처음으로 새인의 경멸과 마주했다.

"그랬단 말이지."

그러나 새인은 화를 내는 대신 다시 눈을 감았다. 내 속에서 무언가 울컥, 하고 솟아올랐다.

"그럼 뭔데? 네가 악마가 아니면 뭔데!"

"……너희 전에 있던 선지자들도 이같이 박해하였느니라."

나는 새인의 목을 쥔 손에 힘을 주려 했으나, 이상하게도 자꾸 손가락에서 힘이 풀렸다.

또 공황 발작이 오려나, 나는 그렇게 생각했다. 눈앞이 흐려졌으니까. 그러나 공황 대신 눈물이 찾아왔다. 새인은 제 얼굴에 떨어진 내 눈물을 닦아냈다.

"하은아, 네가 내게 했던 모든 말, 모든 행동. 다 그분이 내리신 시련이라고 생각하며 견뎌냈어."

그러곤 말했다.

"나는 선지자야."

그럴 순 없어. 나는 필사적으로, 온몸의 힘을 끌어모아 새인의 목을 졸랐다.

그러면 내 인생, 내 망가진 인생은 뭐가 되지?

목에 탯줄이 감긴 내 아이는?

내 남편의 사업이 망한 건?

내 인생이 누구 때문에 이렇게 됐는데?

네 탓이다.

그분이 말씀하셨다.

만회반점

✦ 〈밀라 오리지널〉(밀리의 서재, 2022년 8월) 발표

나는 만두를 한 입 베어 물었다. 이 집 군만두는 속이 꽉 차 있고, 육즙을 잘 간직한 고기 속이 바삭한 피와 함께 씹히는 것이 정말 맛있다.

여길 처음 찾았을 때, 무슨 메뉴를 고를지 고민하던 내게 주인 여자가 권한 것이 군만두였다. 우리 집 만두는 냉동육을 쓰지 않아요. 갓 잡은 고깃감을 다져서 속을 채우지요. 그 말을 나는 내심 비웃었다. 알 게 뭐람, 내가 고기의 원산지와 유통과정을 의심한들 확인할 길이 없지 않은가? 다진 고기인데. 하지만 그렇게 주문한 만두는 전엔 맛본 적 없는 것이었다. 좋은 고기를 썼단 말은 사실인 것 같았다. 이렇게 맛있는데 손님이 없어요? 내 물음에 주인 여자가 웃었다. 몇 안 되어도 오는 분들은 계속 와요. 그러다 그만 오기도 하고, 그러면 또 다른 단골이 생기고. 나는 나 외의 손님을 본 적이 없지만, 여태 망하지 않은 걸 보면 제법 벌이가 되는 모양이었다. 작은 가게니까 단골 장사만으로도 유지가 되는가 보았다. 나도 만회반점을 자주 찾는 사람 중 하나였다. 아니, '자주'라는 표현은 너무 겸손하다. 매일 찾았다. 옛날부터 원체 중국 음식을 좋아했고, 특히 군만두를 좋아했다. 내가 사는 아파트 바로 옆 상가 단지에 이런 가게가 생긴 것이 얼마나 다행스러운 일인지 몰랐다.

그즈음 나는 밥이며 국에서 음식물 쓰레기 냄새가 나 도저히 삼킬 수가 없었다.

작은 접시에 갈비찜을 조금 덜어 들고 아들의 방문을 두드렸다. 여러 번 노크했으나 별 기척이 느껴지지 않아 나는 문을 열었다. 헤드폰을 끼고 있던 아들이 황급히 컴퓨터 모니터를 끄곤 신경질을 냈다.

"노크하라고 했잖아요."

"했어. 이것 좀 먹어볼래? 나는 맛을 통 모르겠네."

접시를 받아 든 아들이 고기를 집어 입에 넣었다.

나는 아들의 표정을 살폈다. 입가에 양념을 잔뜩 묻힌 채 고기를 씹는 모습이 매우 지루해 보였다. 직접 한 것도 아닌데 간을 볼 필요 있어요? 아들이 중얼거렸다.

"짜진 않지?"

아들이 고개를 까딱였다. 그러곤 빈 접시를 내밀며 대꾸했다.

"갖고 나가요."

음식에 문제가 없다면 나에게 문제가 생긴 것일지도 몰랐다. 갱년기가 오려는 모양이었다.

닦은 식탁에 수저를 가지런히 올려놓았다. 네 사람이 앉을 자리였다. 집에 손님이 오는 일은 거의 없었고, 식구 수대로 의자가 있으면 충분했다. 남편과 나, 아들이 앉는 자리. 그런데 집을 나간 딸의 자리엔 어느 순간부터 시아버지가 앉기 시작했다. 근처에 사는 시아버지는 혼자 밥 차려 먹기가 적적하디머 매일 우리 집에 와 점심과 저녁을 들고 돌아갔다.

방금 뜬 국과 밥에서 김이 오른다. 점심 먹어요, 하는 내 목소리에 하나둘 식탁으로 모인다. 큰방에서 텔레비전을 보던 남편과 시아버지가 나오고, 제일 늦게 아들이 나온다. 대학을 자퇴하고 창업으로 성공하겠다며 종일 밖에 나가 있던 아들이 공무원 시험을 준비

하겠다고 선언한 것이 수년 전 일이었다. 그 후로 아들은 바람을 쐬겠다며 뛰쳐나갈 때 외엔 늘 제 방, 집에 있는 방 두 칸 중 작은 방에서 나오지 않았다. 밥을 먹거나 화장실에 갈 때 외엔.

시아버지가 먼저 숟가락을 들자 다음으로 남편, 그리고 아들과 내가 차례대로 숟가락을 들기 시작한다. 밥을 한술 떠 씹었다. 흰 쌀밥에서 쓴맛이 났다. 홈쇼핑 채널에 전화를 걸어 사들인 갈비찜에선 음식물 쓰레기 냄새가 난다. 가족들의 눈치를 살폈다. 다들 고기며 나물, 밥, 국을 아무렇지 않다는 표정으로 삼키고 있다. 아니, 아주 게걸스럽게 먹고 있었다. 입안에 얼마나 많이 고기를 담은 건지, 남편이 쩝쩝거리는 입술 밖으로 갈비 양념이 흘러넘칠 것만 같았다.

밥알이 목구멍을 긁자 토악질이 나올 것 같은 것을 눌렀다. 적게 푼 밥 몇 술을 입안에 쑤셔 넣고, 빈 그릇을 싱크대에 넣었다. 물이 가득 담긴 소쿠리에 그릇을 넣자 수면이 찰랑이더니 이내 잠잠해졌다.

등 뒤에서 남편의 목소리가 들려왔다.

"요즘 몸 좀 어때."

"자꾸 축 늘어져요. 힘도 없고."

아들이 미간을 찡그리며 툭 내뱉자 살진 얼굴이 푸

들거렸다.

"집에서 공부만 하니까 해를 못 받아서 그래. 몸보신 좀 해줘야지."

"에미야, 저녁에 보신탕 좀 사다줘라. 성훈이가 옛날부터 보신탕 잘 먹더만."

시아버지가 외쳤다.

"나 아는 가게가 있어요. 거긴 내가 개를 고르면 그걸로 탕을 끓여줘."

남편이 말했다. 나는 화장실로 들어가 물을 틀고, 변기에 고개를 처박은 채 몸을 떨며 속에 든 것을 게워냈다. 흐물흐물해진 고기며 밥알이 물속으로 첨벙이며 떨어졌다. 나는 개고기를 먹지 못했다. 어릴 적에 동네 어른들이 몽둥이로 개를 때려죽이던 모습을 본 후로 죽 그랬다. 언젠가 내가 아들에게 그 이야기를 하자, 아들이 씩 웃었다.

"엄마가 마음이 약하네."

내가 아무 말도 하지 않자 아들은 덧붙였다.

"요샌 그렇게 개 때려서 안 잡는대요, 그냥 죽이지. 사람도 힘 덜 들고, 개한테도 잘 된 거죠."

맞는 말일지 모른다. 그래, 개에게도 잘된 일이지. 맞아 죽지 않음을 감사히 생각하며 죽어갈 것이다.

남편은 그날 오후 보신탕을 사 왔다. 남편이 집에 들어서자마자 누린내가 코를 찔렀다. 나는 플라스틱 용기와 비닐봉지로 이중 포장된 것을 끓이려고 냄비에 쏟아냈다. 불그죽죽한 탕 속으로 물렁물렁한 고기가 텀벙텀벙 떨어지며 국물을 튀겼다.

“많이 먹고, 응? 보신 좀 하자.”

남편이 말했다. 시아버지와 남편, 그리고 아들 삼대 독자는 그날 개고기로 보신을 했다. 나는 상을 치우다가 깨끗이 뜯어 먹힌 뼈 무더기를 보았다. 아침까지 살아 있었을 개였다. 뼈를 비닐봉지에 담으며 생각했다. 나는 왜 소와 돼지, 닭 뼈는 신경 쓰지 않다가 개의 뼈에 이렇게 속이 뒤집히나, 다 같은 생명인데? 맞아 죽어가던 개 한 마리는 결코 내 머릿속을 나가지 않을 심산인 것 같았다. 몽둥이를 든 사람은 내가 아니었고, 숟가락질을 하던 이도 내가 아니었는데 까닭 모를 일이었다. 개는 나에게 화풀이를 하고 싶은 걸까, 아니면 개가 갈 만한 곳이 내 머릿속뿐인 걸까.

그릇에 남은 찌꺼기를 물에 씻어내자 싱크대 배수구로 흘러간다. 배수구로 모인 음식 찌꺼기들이 회오리치는 물속에서 천천히 솟아올랐다가 빠르게 떨어진다. 밥에서도 음식물 쓰레기 냄새가 나고 음식물 쓰레기에서도 음식물 쓰레기 냄새가 난다. 그러나 음식물 쓰레기는 먹어 해치워야 할 그런 대상은 아니었으므로, 마음이 놓였다. 부담이 사라졌다.

내가 만회반점을 발견한 건 음식물 쓰레기를 버리러 나간 그날 늦은 오후였다.

음식물 찌꺼기를 버릴 수 있는 쓰레기통은 분리수거장 한편에 놓여 있었다. 분리수거장은 아파트 지하 주차장 입구 옆이었다. 내가 사는 111동에서 3분 걸으면 도달하는 거리였다. 20년이 넘은 아파트의 다 벗겨진 파스텔톤 페인트칠, 단지를 빙 두른 붉은 철 울타리. 새것은 얼마 전에 새로 들인 음식물 쓰레기통뿐이었다. 언젠가 텔레비전에서 본, 열대우림에 사는 앵무새의 깃털처럼 시퍼런 색을 띤 그 쓰레기통만 허름한 단지 내에서 번쩍번쩍 빛났다.

나는 그 쓰레기통에 음식물을 쏟아붓고 고개를 들다가 만회반점을 발견했던 것이다. 철 울타리 너머의 상가 빌딩들 사이에 2층짜리 건물 하나가 비집고 들어가 있었다. 연녹색 나무판자로 외벽을 꾸민 그 건물엔 어른 주먹만 한 유리창이 몇 개 붙어 있었으나 여닫을 수 있는 창은 아닌 것 같았다. 문 위엔 검은 기와로 만든 처마가 올라가 있었다. 처마 바로 아래엔 장밋빛 현판이 걸려 있었는데 검은 먹으로 '만회반점'이란 글씨가 쓰여 있었다.

중국 음식을 취급하는 모양이지. 나는 그렇게 생각하며 철 울타리를 돌아 아파트 단지를 빠져나왔다. 어차피 토하더라도 먹기는 해야 했다. 작은 중국 요릿집을 향해 걸어가는 짧은 시간 동안 어둡던 하늘이 더 새파랗게 변하더니, 해가 완전히 사라져버렸다. 골목엔 사람도 차도 보이지 않았다. 큰길과 만나는 모퉁이의 신호등만 허공에 샛노랗게 걸려 있었다.

나는 만회반점이라 쓰인 현판 아래에 섰다. 멀리서 볼 때 눈에 들어왔던 작은 유리창들은 정말로 작았고, 실내가 어두워서인지 유리창에 먼지가 낀 탓인지 내부가 들여다보이지 않았다. 둘 다일지도 몰랐다. 문을 밀자 풍경이 달려 있었는지 딸랑, 소리와 함께 경첩도 삐걱대는 소음을 냈다. 풍경 소리를 제외하면 가게 안은 고요했고, 나는 숨소리를 죽여 가며 안을 둘러보고 있었다. 목소리가 들리기 전까진.

"어서 오세요."

젊은 여자가 나를 바라보고 있었다. 흰 상의에 검은 앞치마 차림을 보니 요리사인 것 같았다. 얼굴이 창백

했지만 말라보이진 않았다. 어디서 분명 보았는데, 많이 보았던 얼굴인데 기억이 나지 않았다. 이상했다.

"주문하시게요?"

내가 대꾸했다.

"메뉴판 좀 보고요."

입안이 바짝 말라왔다. 여자는 빈 테이블의 의자 하나를 빼내더니 거기에 앉았다. 나도 다른 빈 테이블에서 의자를 하나 빼 거기에 앉았다. 사실 테이블은 모두 비어 있었다. 메뉴판엔 군만두, 짜장면, 짬뽕 같은 요리 이름들이 죽 나열되어 있었고 여느 중국 요릿집과 다를 게 없었다.

"군만두 하나요."

여자가 내게서 메뉴판을 받아 가더니, 역시 발이 드리워진 가게의 안쪽으로 사라졌다. 캄캄해서 보이진 않지만 아마 부엌인 듯했다.

그동안 나는 다시 안을 구경했다. 내부도 연녹색 판자로 장식되어 있었다. 측면 벽들이 천장과 만나는 이음매엔 붉은 술로 장식이 되어 있고, 가게 안이 밖보다 어둡다는 것 외엔 외부와 거의 비슷했다. 검은 테이블이 여럿 있었는데, 천장으로부터 늘어져 내린 긴 구슬발이 칸막이 역할을 해주었다. 벽엔 역시 검은 나무로 만든 선반 두어 개가 고정되어 있었는데, 위에는 묵은 술이 담긴 듯한 유리 단지와 백자가 여러 개 올려져 있었다. 구석구석을 살펴보다가, 머릿속에서 까닭 모르게 동굴을 떠올렸다.

가게 안은 어둡고 따뜻했다. 이따금 구슬발이 찰랑이는 것 외에 조용한 곳에 앉아, 나는 밀가루가 기름에 튀겨지는 기분 좋은 냄새를 맡다가 눈을 감았다.

어디선가 쩝쩝거리는 소리가 들려왔다.

누가 뭘 먹지? 나는 주위를 살폈다. 가게에 손님이라곤 나 하나뿐이었다. 소리가 어디서 들려오는 것인지 알 수 없었다. 그러나 쩝쩝거리는 소리는 점점 커졌고, 이따금 무언가를 바닥에 던지는 소리도 들리기 시작했다. 주인에게 물어보자, 그렇게 생각하며 나는 벌떡 일어나 가게 안쪽의 발을 향해 걸어갔다. 발 너머의 어둠이 걷혀 있었다. 정육점처럼 붉은빛이 천장 조명에서 뿜어져 나왔다.

덜그럭거리는 소리와 함께 나는 눈을 떴다. 젊은 여자가 무심한 낯으로 나를 내려다보고 있었다. 테이블엔 김이 오르는 군만두 접시 하나, 단무지 접시, 그리고 간장 종지가 놓여 있었다.

“감사합니다.”

목소리가 당황스럽게도 갈라졌다. 나는 고개를 숙이고 얼른 만두 하나를 집어 간장을 찍었다. 입천장에 뜨겁고 쫄깃한 피가 달라붙자, 세상모르게 졸았다는 수치심은 이윽고 달아났다.

지갑을 뒤졌다. 카드가 없었다. 잠깐 낮잠을 자는 사이에 또 아들이 가져간 모양이었다. 친구들과 함께 모여 스터디를 하려면 돈이 든다면서. 내 카드를 긁을 때마다 핸드폰으로 출금 내역에 대한 문자가 날아왔다. 백반집에서 상을 닦거나 서빙을 하고 있을 때면 두세 번은 어김없이 카드사에서 보내온 문자의 수신음을 들을 수 있었다. 문자 메시지엔 분식집이나 술집 이름이 적혀 있었다.

나는 한동안 멈추어 서서 핸드폰 화면을 바라보고 있었다. 별안간 머리가 아파져 와 관자놀이를 문질렀다.

"집사님, 왜 그래요?"

손님을 바래다준 서영옥 권사가 물었다. 아들의 창업비용을 대다가 노후 자금을 잃은 나에게 일자리를 준 것이 백반집 사장인 그녀였다. 시아버지와 남편, 아들은 신앙이 없었고, 내가 교회에 다니는 것을 못마땅해했다.

— 엄마, 순진한 사람 등쳐먹으려는 사기꾼들이에요.

— 여보, 그거 다 시간 낭비야.

그 말이 진실일 수 있겠다고 생각했다. 나는 내가 종교에, 신에게 깊이 빠졌다고는 한 번도 생각해본 적이 없었다. 나는 일요일에 교회를 갈 뿐이었다. 마치 평일엔 일을 하러 백반집엘 가듯이. 일요일 아침마다 긴 교회 의자에 앉아 다른 사람들이 제 소망을 줄줄 외는 목소리를 들었다. 가족들이 무사 안녕하게 해주십시오. 부디 우리 아들 수능에서 좋은 성적을 내 원하는 대학에 합격할 수 있도록 해주십시오. 우리 남편 사업이 번창하게 해주십시오. 나도 이따금 내 소원을 빌어보려고 입을 달싹였다. 그러나 그렇게 튀어나온 하나님 아버지, 부르는 내 목소리는 무서울 만큼 커서 나는 허둥지둥 주변 사람들이 다 나를 바라보는지 눈치를 보았다. 그다음 말은 내뱉을 수조차 없었다.

"아무것도 아니에요. 그냥 어지러워서 그랬어요."

서 권사가 혀를 찼다.

"아까 밥도 안 먹더니, 탈 났나 보네. 내일 구역예배 올 수 있겠어요? 쉬지 그래요."

"괜찮아요, 갈게요."

간다. 평일엔 백반집에, 일요일엔 교회에, 토요일엔

다른 교인의 집을 방문한다. 친한 얼굴은 서영옥 권사뿐이었으나 나는 구역예배에 가는 일이 좋았다. 낯선 집에 방문하는 손님이 되는 일, 접시에 쏟아진 과자며 빵을 집어 먹는 일, 찻잔에 담긴 믹스 커피를 마시는 일, 성경을 한 구절씩 차례대로 읽고, 목소리를 듣는 일. 그렇게 비껴 나오는 매주 토요일이 기분 좋았다.

윤 집사가 문을 열어주자 복슬복슬한 회색 털 뭉치 하나가 현관에서 거실로 휙 내달렸다.
"우리 고양이예요."
윤 집사의 말에 구역예배를 드리러 온 사람들이 모두 예쁘다, 물지 않느냐며 호기심 가득한 눈으로 고양이를 바라보았다. 쓰다듬으려는 사람도 있었지만 고양이가 피했다. 텔레비전 위로 사뿐히 올라간 고양이가 경계 어린 눈으로 사람들을 둘러보다가 나를 바라보았다. 노란 눈에 세로로 찢어진 동공이 날카로워 보였다.
고양이는 곧 사람들에게서 흥미를 잃었고, 사람들도 고양이에게서 흥미를 잃었다. 좌식 탁자 앞에 둘러앉은 네 사람은 먼저 기도를 드린 후 성경을 읽었다. 이번엔 요한계시록이었다. 서 권사가 먼저 시작했고, 다음이 윤 집사였다. 22장 2절을 읽는 윤 집사의 목소리와 고양이가 돌아다니는 소리 외에 집 안은 고요했다. 나는 2절을 벗어나 3절, 4절을 향해 눈알을 굴렸다. 그러다 문득 눈에 들어온 구절이 있었다.

개들과 술객들과 행음자들과 살인자들과 우상 숭배자들과 및 거짓말을 좋아하며 지어내는 자마다 성 밖에 있으리라. 요한계시록 22:15.

개. 죄인과 더불어 성 밖으로 쫓겨났다고 언급된 유일한 동물이었다. 개는 무슨 죄를 지었나? 나는 15절에서 눈을 떼어내기 위해 턱을 당기고 고개를 들었다. 그러다 장식장 위에 누워 있던 고양이와 눈이 마주쳤다. 노란 눈이 말했다. 그것 봐, 개는 낙원에 가지 못해.

"엄 집사님, 집사님 차례예요."

네 쌍의 눈동자가 나를 바라보고 있었다. 나는 더듬거리며 타고 내려갔다. 윤 집사가 4절이에요, 하고 일러주었다. 나는 찻잔을 들어 한 모금 마신 후, 요한계시록 22장 4절을 읽어 내려갔다. 내 차례가 끝나자 서 권사는 오늘 읽은 성경 구절에 대한 해설을 말해주었고, 그 후 모두 함께 기도를 드렸다. 장소를 제공한 윤 집사의 가족, 건강, 수험생에 대한 기도가 낭랑하게 읊어지는 동안 나는 얼굴이 화끈거려 그만 눈을 떴다. 다신 구역예배에 오지 못할 것이란 생각이 들었다. 식탁 아래서 졸고 있는 고양이가 천사처럼 부러웠다.

나는 미리 예정되어 있던 구역예배 참석자들과의 식사 자리를 속이 울렁거린단 핑계로 박차고 나왔다. 거짓말은 아니었다. 정말로 내 위장이 뒤집어져 있었다는 것을 서 권사도 알고 하나님도 알았을 것이다.

윤 집사의 집 앞에서 내가 사는 낡은 아파트로 가기 위해서는 직행버스를 타야 했다. 집엔 늙은 남편과 더 늙은 노인네, 그리고 늙어가는 아들이 있겠지. 그들은 나로선 알 수 없는 중대한 이유로 서로에게 골이 나 있을 것이다. 회사나 주식, 친구, 건강에 대한 문제들로. 그리고 눈치 없이 그들의 앞에 모습을 보인 나는 부엌으로 조용히 들어가 밥을 차려야 할 것이다. 늘 그래왔듯이.

냄비를 불에 올릴 때마다 코를 스치는 가스 냄새가 싫었다. 밥솥의 뜬 김 냄새기 역겨웠다. 고기가 구워지는 냄새를 맡으면 빈속부터 니글거렸다. 그러나 하루라도 맡지 않을 수 없는 냄새였다. 해가 갈수록 참을 수 없었다. 결혼 초부터 아이들이 고등학교를 졸업할 때까지 손으로 만두와 동그랑땡을 빚고 전을 부치고 갈비와 쿠키를 굽고 김치를 담갔으나 어느 순간부터 도저히 해낼 수가 없었다. 다 냄새 때문이었다. 직접 만들던 것들을 사 오기 시작했다. 남편과 시아버지와 아들이 불만을 토했다. 쓸데없이 교회 같은 걸 다니며 힘을 빼니 그렇다고 했고, 이 늙은 몸으로 공장에서 찍어낸 음식을 먹어야 하겠느냐고 했고, 정성이 들어가지 않아 손맛이 없다고 했다. 그런 생각을 하다가 나는 내려야 할 버스 정류장을 한참 전에 놓치고 말았다.

내가 사는 동네에 도착했을 땐 이미 하늘이 어두워져 있었다.

상가 거리엔 또 사람이 없었다. 가게들은 전부 불이 꺼져 있었다. 아직도 새 가게들이 들어오지 않은 모양이지. 나는 바삐 걸음을 옮겼다. 유일하게 불이 켜져 있는 가게가 보였다. 만회반점이었다.

가게 문을 열고 들어가자 예의 젊은 여자 주인이 빈 테이블에 앉아 있었다. 손님 하나 없는 가게에 내가 들어온 것임에도 전혀 놀란 기색이 아니었다. 내가 자리를 잡자 여자는 기다렸다는 듯 일어났다.

"군만두요."

그렇게 말하며 걸어가는 여자를 슬리퍼 끌리는 소리가 뒤따랐다. 나는 가만히 앉아 기름 끓는 소리를 들었다. 그러면서 남편과 시아버지와 아들이 오늘 저

녁으로 뭘 먹을지 생각했다. 냉장고엔 숙주무침과 감자조림이, 밥솥엔 오늘 아침에 지은 쌀밥이, 그리고 창고엔 스팸 통조림이 있었다. 전자레인지로 데우거나 프라이팬에 구우면 바로 먹을 수 있는 것들이었다.

그때 문자 수신음이 울렸다. '31,500원 땡땡포차 사용.' 아들이 가져간 카드의 출금 메시지였다. 아들은 집에서 밥을 먹지 않을 모양이었다.

젊은 여자가 군만두를 들고 걸어 나왔다. 테이블에 만두 접시와 간장 종지, 단무지, 레몬을 내려놓은 여자는 바로 걸음을 옮기지 않고 멈추어 섰다.

"앉아도 되지요?"

내가 허락할 새도 없이 여자가 앉았다. 별안간 웃음이 터졌다. 여자가 나를 빤히 바라보더니, 간장 위에 레몬을 쥐어짰다. 맑은 레몬즙이 종지 위로 떨어졌다.

"이렇게 하먼 더 밋있이요."

여자가 말했다. 횟집도 아닌데 레몬일까, 식초를 뿌리는 것도 아니고 생레몬을. 그러다 나는 이 무뚝뚝하고 제멋대로인 여자가 나름대로 서비스라는 걸 한 것이 아닐까 생각했다.

만두를 간장에 찍어 한 입 베어 물고 씹으며 나는 말문을 틀 겸 입을 떼었다.

"만두 속에 넣은 고기가 굉장히 맛있어요."

"씹는 맛이 좋지요."

여자는 그렇게 말하며 묘한 미소를 지었다.

"제가 직접 빚은 만두를 조리 전 상태로 팔기도 해요. 필요하시면 사 가실래요?"

"팔기도 해요? 처음 알았어요."

"가끔, 빚은 만두가 많을 때 단골들에게만요."

"좋은 만두인데 더 소문을 많이 내지 그래요."

"그러면 제가 힘드니까."

여자가 하하 웃었다.

"사서 가져가시면 가족들하고도 드실 수 있겠네요."

나는 젓가락질을 멈추었다. 여자가 내 눈을 뚫어져라 쳐다보고 있었다. 누가 이렇게 집요하게 나를 쳐다보는 것은 정말 오랜만의 일이었다. 더구나 남과 시선을 잘 맞추지 못하는 나로서는.

그러므로 내가 이 상황을 전혀 불편하게 여기지 않고 있다는 것이 내겐 가장 중요하고 놀라운 일이었다. 여자와 마주 보는 것은 전혀 불편하지 않았다. 마치 거울을 바라보고 있는 것 같았다.

나는 태연하게 대꾸했다.

"가족들은 다 저녁을 먹었을걸요."

“가족이 어떻게 돼요?”

“남편, 시아버지, 딸, 아들, 그리고 저. 딸은 독립했어요.”

여자는 고개를 끄덕이곤 힘들겠네요, 하고 중얼거렸다.

“힘들죠. 배 속에 도로 넣어버리고 싶어요. 할 수만 있다면.”

나는 그렇게 말하며, 골똘하게 생각에 잠긴 여자의 얼굴을 계속 관찰했다. 어디서 봤더라.

“식어요.”

여자가 멍하니 내뱉었다.

“만두 드세요. 따뜻할 때 먹어야죠.”

나는 얼떨결에 고개를 끄덕이고 만두를 집었다. 기름기 도는 피가 바삭해 보였다.

“제대로 못 드시고 디니는 것 같던데요.”

“요즘 그래요. 갱년기인지…….”

말하기 싫은 주제가 나오자 피로가 몰려왔다. 나는 웃으려고 했지만, 입꼬리는 올라가지 않았고 잠시 경련하다 풀려버렸다.

“그래도 만두는 잘 먹고 있어요. 기름에 튀긴 밀가루 음식인데 소화가 잘되는 게 신기할 정도로 괜찮네요. 입에도 맞고.”

“고기가 좋거든요. 몸보신도 될 거예요.”

여자가 말한 ‘보신’이라는 말이 귀에 달라붙는 것 같았다.

두 번째로 임신했을 때 밀려들던 감정을 기억한다. 첫째인 딸을 임신한 건 순전히 우연이었다. 그러나 둘째, 즉 당시 배 속의 아이는 혼인 신고서에 도장 찍고 또 아이가 생길 것을 예감하며 잠자리에 든 후 생겨난 아이였다. 첫째가 딸이었기 때문에 낳도록 종용받은 아이였다.

병원에서 태아가 아들이라는 걸 알려주었던 날, 시아버지는 빛깔 좋은 쇠고기를 사 왔다. 입덧이 심한 나 대신 남편이 고기를 구웠다. 그날 가족들은 더없이 다정했다. 모두가 아들을 임신한 나를 위해주었다.

“잘 먹어야 한다. 지금 먹는 게 고스란히 애기한테 가게 되어 있어. 술 하지 말고.”

“아버지도, 참. 이 사람은 그런 거 못 해요.”

남편과 시아버지가 포만감에 기분 좋게 잠들었던 그날 밤, 나는 자다 깨어 화장실로 달려가 세면대에 머리를 처박고 전부 게워냈다. 잠시 동안 토사물과 눈물로 목구멍이며 콧구멍, 귓구멍까지 콱 막힌 것 같았다. 그러다 헐떡이는 소리가 점차 또렷하게 들려왔다. 내가 내는 소리였다. 나는 화장실 타일 바닥에 주저앉아 있었고, 집 안은 고요하기만 했다. 일어나자 거울이 눈에 들어왔다. 거울 속 내 모습이 생경했다. 자다 깨어나 몰골이 말이 아니었다. 토악질을 하느라 시뻘게진 눈이 나를 노려보고 있었다. 나는 한참 동안 거울을 바라보다가, 어느 순간 더는 보기 힘들어 고개를 돌렸다.

기적처럼 딸아이가 우는 소리가 들려왔다. 나는 화장실에서 나와, 아기가 누운 이부자리로 휘청이며 걸어갔다. 아기를 안고 다독이자 울음소리는 금세 그쳤다. 나는 아기를 어르며 팔에 안긴 무게, 배 속에 든 무게를 가늠해 보았다. 창밖은 검었고, 날이 새려면 먼 것 같았다.

아기가 잠들자 나는 아기를 내려놓고 내 이부자리로 돌아왔다. 머리끝까지 이불을 뒤집어썼다. 남편이 코를 고는 소리가 들렸다.

두려움이 왈칵 밀려들었다. 어쩌자고, 어쩌자고 이랬을까. 나는 스스로 구렁텅이에 뛰어든 것이다. 첫째 아이를 떼어냈어야 했고, 결혼을 하지 않았어야 했다. 그러나 아무 생각 없이, 흘러가는 대로 흘러온 탓에 이젠 만회할 수 없는 곳까지 이르렀다는 생각이 들었다.

배 속의 아이가 움직이는 게 느껴지고, 동시에 어떤 예감이 머릿속을 스쳤다. 이 애를 배 밖으로 놓아서는 안 된다. 열 달, 스무 해, 어쩌면 그보다 더 오랜 시간,

나는 구덩이로 밀쳐질 것이다.

문득, 궁금해서 참을 수가 없었다.

"무슨 고기를 쓰길래요."

여자가 일어나 주방으로 걸어갔다. 나는 충동적으로 벌떡 일어났다. 따라가고 싶었다. 나도 여자를 따라 주방으로 향했다. 아무 생각도 들지 않았다. 떼어내는 발걸음이 가볍기만 했다. 꼭 구름을 밟는 기분이었다. 눈 앞에 호박색 구슬로 만들어진 발이 걸려 있었다. 여자가 발을 헤치고 안으로 들어갔다. 나는 손을 뻗어 발을 붙들었다. 차가운 플라스틱 구슬들이 한 움큼 잡혔다.

예상대로 주방이 있었다. 발 너머의 테이블 쪽에서 볼 땐 이상하게도 캄캄해 보였던 곳은 사실 천장에 달린 붉은 조명 때문에 기묘한 빛을 띠고 있는 장소였다. 여기저기 꼭 뭉쳐져 널브러져 있는 행주들은 정육점 고기같이 보였고, 주방 한가운데에 자리를 잡은 금

속 테이블 표면은 실수로 쏟은 적포도주를 뒤집어쓴 양 붉게 빛났다. 그리고 그 위에 사람이 누워 있었다.

벌거벗은 상태였기 때문에 성별은 바로 알 수 있었다. 오그라든 남자의 성기가 퉁퉁한 허벅지 사이에 축 늘어져 있었다. 거대한 몸엔 살집이 접혀 튼 자국이 여러 군데 있었다. 비대한 아기 같은 형상이었다. 남자의 머리엔 흰 천이 덮여 있어서 얼굴을 볼 수는 없었다.

별안간 금속이 연속적으로 긁히는 소리가 들려와 뒤를 돌아보았다. 여자의 왼손엔 칼을 갈 때 쓰는 야스리가, 오른손엔 칼이 들려 있었다. 여자는 무 껍질이라도 벗겨내듯 무심하고 일상적인 손짓으로 칼을 갈고 있었다. 저 손에 들린 칼은 정육 칼일 것이다. 나는 직감적으로 그렇게 생각했다.

"단골 장사지요, 여긴."

섧은 여자가 말했다.

"그러나 부엌에까지 들어왔던 손님들은 다시 돌아오지 않아요."

"왜 그런데요?"

묻는 내 목소리조차 비현실적인 것으로 느껴졌다. 여자가 대꾸했다.

"돌아올 필요가 없으니까."

금속음이 멈추고, 여자는 칼을 누워 있는 남자 옆에 내려놓았다.

"자기가 무슨 만두를 먹은 건지 알아차린 사람들에겐 변화가 생겨요. 이를테면……."

여자가 누워 있는 남자의 머리에 손을 얹었다. 그 모습을 보고 있자니 목구멍에서 무언가 튀어나올 것 같았다. 그러나 말은 나오지 않았다.

"돌아가는 거예요. 다른 삶을 시작할 수 있는 나이, 장소로 돌아갑니다. 그러니 만두는 더 필요 없어지는 거고요."

나는 말라붙은 입술을 달싹였다.

"그게 가능해요?"

여자가 나를 빤히 쳐다본다. 내 의심, 내 욕망을 모두 꿰뚫어 보고 있다는 얼굴로.

"아들이 몇 살인가요, 배 속에 도로 넣고 싶다고 했지요? 이건 마법이 아니에요. 산수인 거죠. 다섯을 빼앗겼다면 다섯만큼 돌려받으면 됩니다."

나는 고개를 숙였다. 여자의 목소리는 고막을 울리는 것이 아니라 머릿속으로 곧장 찔러 들어오는 것 같았다.

"산수는 믿고 안 믿고의 문제가 아니지요."

여자가 말했다. 나는 눈을 감고, 여자의 그 말을 머릿속으로 몇 번이고 곱씹는다. 마이너스한 만큼 플러스.

나는 0을 얻게 된다.

"설 연휴 시작 전에 오셔서 만두 사 가세요."

맛있을 거예요. 여자가 흐흐, 하고 낮게 목을 울리며 웃었다. 핏줄이 선 시뻘건 눈이 나를 쳐다보고 있었다.

나는 잠시 여자의 눈을 바라보았다. 그제야 나는 웃고 있는 젊은 여자의 얼굴이 내 것이라는 걸 깨달았다. 둘째를 임신했던 시절, 한밤중에 깨어나 거울을 보다 마주했던 눈이었다. 그러나 이번엔 고개를 돌리지 않았다.

나는 발을 걷고 주방에서 나왔다. 배 속에 기이한 포만감이 가득했다. 한 발짝 한 발짝 내디딜 때마다 고무도 아닌 바닥이 탄성을 지닌 양 나를, 내 발을 밀쳐냈다. 풍경이 딸랑 소리를 내며 울렸고, 나는 내가 만회반점에서 나왔다는 걸 알았다.

"아줌마, 거기서 뭐 해요."

웬 남자의 목소리가 들려왔다. 찬바람이 뺨을 때려서 나는 입고 있던 파카의 후드를 뒤집어쓴 채 지퍼를 끝까지 올렸다. 고개를 돌리자 랜턴을 들고 경비 복장을 한 늙은 남자가 미심쩍다는 낯으로 나를 바라보고 있었다.

"아무것도 안 했어요."

나는 겨우 대답하고 돌아섰다. 머릿속이 핑핑 돌았다. 늙은 남자가 구시렁거렸다. 계속 이럴 거냐는 말까진 들렸고, 그 뒤론 알아들을 수 없는 중얼거림뿐이었다. 나는 남자를 피해 발걸음을 옮겼다. 목으로 찬 공기를 들이켤 용기가 나지 않아 코로만 숨을 쉬었다. 코끝이 시리고 눈에 눈물이 맺혔다. 시야가 흐려져 길이 잘 보이지 않았다. 사방에서 웅성대는 소리가 들려왔다.

어서 집에 돌아가 몸을 누이고 싶다. 반나절 정도 자고 싶다. 이부자리 생각만이 간절했다. 자꾸 감기는 눈을 뜨려 애쓰며, 나는 물속에서처럼 힘겹게 발걸음을 떼어냈다.

냄비에 만두를 하나씩 떨어뜨릴 때마다 사골 국물이 첨벙거리며 방울방울 튀어 올랐다. 나는 국물이 튄 손등을 찬물에 담그며 만두가 익기를 기다렸다. 하얗고 고운 떡들이 국물 속에서 펄펄 끓는 틈으로 만두가 가라앉았다. 익으면 떠오를 터였다. 나는 상을 닦고 수저를 놓으며 다른 냄비도 어서 끓어오르길 기다렸다.

홈쇼핑에서 산 갈비찜이었다. 전자레인지에선 명태전과 호박전이 데워지는 참이었다.

텅, 하고 텔레비전이 꺼지는 소리가 났다. 남편과 시아버지는 느릿한 걸음으로 식탁에 다가오고 있었다. 의자를 끌어당겨 앉으며 남편은 힘들다는 듯 끙 앓는 소리를 냈다. 의자 등받이를 움켜쥔 시아버지의 손등에 핏줄이 돋아 있었다.

구정 아침 식사였다. 국그릇 세 개에 떡과 만두를 담고, 지단과 소고기 고명을 올렸다. 시아버지가 볼멘 목소리를 뱉어냈다.

"성훈이 놈은 명절을 친구들이랑 쇠니?"

"요즘 애들이 신경 쓰나요. 가족 귀한 줄도 모르고."

남편이 대꾸했다. 나는 주걱을 들고 밥솥을 열었다. 눈앞에 뿌옇게 김이 올라오자 남편과 시아버지의 모습이 시야에서 사라졌다.

꿍얼거리는 소리는 계속 들렸다.

"에미야, 네가 전화 좀 걸어봐라. 여행 갔다면서, 잘 있는지."

"아, 아버지도 참. 그런 것 좀 시키지 마요. 애들이 그 뭐, 마마보이라고 욕할라."

나는 만둣국이 담긴 그릇을 하나씩 들어 시아버지,

남편 앞에 차례대로 놓고 내 것을 가져다 식탁에 올려놓았다. 시아버지가 숟가락을 뜬 다음은 남편, 그리고 내가 숟가락을 들었다.

"만두 맛이 괜찮네. 언제 빚었니?"

어느새 시아버지는 흐뭇한 낯으로 만두를 한 입씩 베어 먹고 있었다. 내가 대꾸했다.

"사 온 거예요. 좋은 고기를 써서 맛이 좋다나 봐요."

사 왔다는 말에 남편은 미간을 좁혔다. 만두 하나를 밥그릇에 올려놓고 반으로 가르고선, 의심스러운 눈길로 바라보다 투덜거렸다.

"죄다 다져놓고선. 만두 속에 무슨 고기를 썼는지 알 게 뭐야."

나는 안다.

시아버지와 남편이 만두를 우적우적 씹는 모습을 바라보던 나는 음식을 뜨기 위해 고개를 숙였다. 네 식구가 마지막으로 함께하는 구정 아침 식사였다.

머리 달린 여자

위키 범죄(한국)는 한국에서 벌어진 범죄 사건을 기록합니다.

월곡산 머리 없는 시체 사건

경고. 이 문서는 아직 해결되지 않은 실제 사건·사고를 다루고 있습니다. 열람과 작성에 주의하시기 바랍니다.

입력 : 2020-07-23. 04:14:09 / 수정 : 2020.07.23. 16:03:21

2020년 6월 30일, 서울시 성북구 하월곡동 월곡산에서 머리 없는 시체가 발견된 사건이다. 조사 결과, 이틀 전인 6월 28일 살해당한 것으로 밝혀졌다.

발견 당시 피해자의 바지 뒷주머니에 들어있던 카드 지갑 속

주민등록증으로 신원을 확인할 수 있었다. 사건 당일, 피해자 이모 씨(남, 20대 중반)의 책상 서랍에서 극단적 선택을 암시하는 자필 유서를 발견했다고 피해자의 부친은 진술했다. 피해자가 평소에 원인 모를 극심한 스트레스에 시달렸다는 점, 그리고 취업을 준비 중이었으나 잘 풀리지 않았다는 점 때문에 자살을 택한 것인지도 모르겠다는 피해자 주변인들의 의견이 있었다.

그러나 자살을 택한 피해자가 혼자서 제 머리와 목을 분리할 수 없다는 점, 또 의정부시에 살던 이모 씨가 연고 없는 월곡산에서 시신으로 발견된 점이 문제로 남아 경찰은 타살로 추정, 수사를 진행 중이다.

증거 부족, 범행 동기의 모호성 때문인지 범인은 아직 잡히지 않았다.

이 글은 범죄 사건에 관한 토막글이오니, 이용자들의 지식으로 문서를 채워주세요.

★

이거 봐, 진성 씨. 보고 있으려나? 위키에 당신 사건 문서가 생겼다고 친구가 알려주더라. 그 친구, 몇 번 본 적 없고 별로 친한 사이도 아닌데 이 글을 보곤 내 생각이 났다나 봐. 안 볼 수도 있었겠지만, 그냥 궁금해서 봤어. 이미 아는 내용이고 사실만 나열된 글이라 그런가, 읽는 게 생각만큼 힘들진 않네. 벌써 한 달이 다 되어가서 그런 건지도 모르지.

내가 알고 있는 진성 씨 아이디와 비밀번호로 진성 씨가 생전에 가입했던 사이트에 들어간 다음 모두 탈퇴하는 중이야. 평소에 즐겨 찾던 인터넷 커뮤니티에 글이 유독 많네. 보고 있자니 그립다. 평소에 무슨 생각을 했는지, 외아들로 자라나 얼마나 외로웠는지, 어머니나 아버지, 그리고 강아지 두부를 얼마나 많이 사랑했는지, 진성 씨가 어떤 사람인지 다 보여. 역시 요즘 세상에선 어떤 인터넷 커뮤니티를 하는지가 어떤 성향을 지닌 사람인지를 보여주는 지표인 게 아닐까? 그런 생각이 들어.

진성 씨가 여기 처음 가입했을 때부터 글을 많이 쓴 건 아니구나. 가입하곤 한 달 동안 게시글을 올리다가, 몇 년은 뜸했네. 그러곤 올해 봄부터 다시 글을 많이 쓰기 시작했고.

올해 처음 올렸던 글부터 보려고 하는데,

아, 그런데 이건⋯⋯.

★

아침에 일어난 진성을 제일 먼저 반겨주는 것은 두

부여야 한다, 그건 진성이 정한 규칙이 아니었다. 진성의 어머니가 친구에게서 얻어온 하얀색 새끼 포메라니안은 이상할 정도로 진성을 좋아했다. 진성의 어머니는 종종 '전생에 연인이었나 봐.' 하고 둘을 놀렸는데, 당사견은 물론 신경 쓰지 않았고 당사자도 마찬가지였다. '진짜 전생에 연인이었을 수도 있지!' 하고 아무렇지 않게 받아치곤 했으니까.

그런 아침 풍경을 보게 될 줄 알았던 오늘, 무언가 잘못되었다.

진성이 제 가슴에 얹힌 묵직한 무언가를 밀어내다 눈을 떴을 때였다. 머리 없는 흰 털의 괴물이 그를 바라보며 없는 입으로 짖고 있었다. 진성은 즉시 그것을 걷어찼고, 고함에 가까운 비명을 질렀다.

"엄마!"

진성의 어머니가 아들의 목소리를 들었을 땐 이미 다리가 반응한 뒤였다. 달려가 진성의 방문을 연 여자는 하나뿐인 아들이 침대 위에 올라서서 두부를 맨발로 걷어차는 모습을 보고 경악했다. 침대에 깔린 요는 흥건하게 두부의 붉은 피로 젖은 상태였다.

"진성아! 두부한테 왜 그래!"

여자는 몸을 부들부들 떠는 두부를 안아 들었다.

발에 걸어 채인 고통, 그것도 가장 사랑하는 사람에게 맞았다는 사실에 두부는 쇼크를 일으키고 있는 것 같았다. 일단 동물병원에 가야겠다고, 아들을 추궁하는 것은 나중에 해야겠다고 진성의 어머니는 생각했다. 그런데 분위기가 심상치 않았다.

"두부? 이게 두부라고? 그럼 넌 뭔데, 시발. 우리 엄마라도 돼?"

180센티미터가 넘는 진성이 저보다 한참 작은 모친을 노려보며 씨근덕댔다. 확장된 동공, 온몸으로 흘리는 땀, 더듬거리며 구석의 야구 방망이를 쥐려는 손을 보았을 때, 여자는 저도 모르게 두부를 안고 방 밖으로 뛰쳐나와 문을 닫았다. 땀에 젖은 손이 문고리에서 미끄러졌고, 여자는 열리려는 문을 등으로 막은 채 몇 번이나 스마트폰 키패드를 헛짚었다. 여자는 남편에게 전화를 걸고 있었다.

"이게 뭐야, 시발 안 열어? 시발, 문 열라고!"

공포에 질린 여자의 뺨으로 눈물이 줄줄 흘러내렸다. 겨우 전화가 연결되었을 때, 여자는 울먹이는 목소리로 말했다.

"여보, 진성이가 이상해."

"갑자기 그게 무슨 소리야? 여보, 진성 엄마!"

여자는 한참 말을 잇지 못한 채 울었다. 등과 맞닿은 문을 때려오던 주먹질과 발길질이 어느새 멈췄다는 것도 모른 채.

진성이 문에 귀를 대고 물었다. 목소리가 떨리고 있었다.

"……엄마? 진짜 엄마야……?"

몇 번이고 저를 불러오는 음성에 겨우 정신이 든 진성의 어머니가 방문을 열자, 눈물 콧물로 범벅이 된 진성이 서 있었다.

뭔진 모르겠지만 아들이 제정신으로 돌아왔다는 확신이 들자, 진성의 어머니는 아들을 와락 끌어안았다. 진성은 어미 소에게 머리를 들이미는 송아지처럼 모친의 품에 고개를 처박고 하염없이 울었다.

"엄마, 내가 두부를 발로 찬 거야? 아까 그것도 진짜 두부야?"

"그게 무슨 소리야, 진성아? 두부가 두부지, 그럼 뭔 줄 알았던 거야. 너 꿈꿨니?"

진성의 어머니는 제 품에 안긴 아들의 고개를 들어 올려 눈을 마주하려고 했다. 그러나 아들은 모친의 뜻에 따라주지 않았다. 그저 어깨를 들썩이며 눈물을 흘릴 뿐이었다.

"엄마, 나 지금 이상해. 엄마 말대로 꿈꾸는 건가 봐, 그렇지?"

여자는 아들의 등을 토닥여주었다. 식은땀에 젖은 티셔츠가 진성의 등에 달라붙었다. 그 와중에 그것이 신경 쓰여서, 진성의 어머니는 옷자락을 손가락으로 집어 아들의 등에서 떼어냈다. 바람이 통해야 마를 것 같았다.

진성이 엉엉 울었다.

"엄마, 나 지금 엄마 머리가 안 보여……그리고 두부도……."

★

○○○ 커뮤니티

💬 사람 머리가 안 보일 수도 있냐

○○ (112.48) / 2020.04.29. 06:21:14

※ 음란물, 차별, 비하, 혐오 및 초상권, 저작권 침해 게시물은 민형사상의 처벌을 받을 수 있습니다.

"선배, 넣어도 돼요?"를 대비한 예쁜이수술!

시발 야 나 좆됨

사람 머리가 안 보여

개 머리도 안 보여서 아침에 강아지 걷어찼다가 초상 치를 뻔함

개는 엄마가 병원 데려갔는데 중태래

존나 눈물만 난다

우리 개 죽으면 어떡하지

    ↳ ㅇㅇ (48.175) : 개 때리면 개쳐맞아야 돼 개새끼야

        ↳ ㅇㅇ (112.48) : 나도 누가 날 좀 때렸음 좋겠다

    ↳ ㅇㅇ : 안면인식장애 아님?

        ↳ ㅇㅇ (112.48) : ㄴㄴ 그냥 사람이 목 위로 안 보여

    ↳ ㅇㅇ (223.38) : 뭔 드립임?

닉네임 /

비밀번호 /

전체글 / 개념글

★

　이때 울었구나. 우는 얼굴 상상된다. 진성 씨는 나 하고 있을 때도 눈물이 참 많았지. 마지막으로 만났을 때도 당신 울었잖아. 내 말이 맞지? 막 콧물도 흘리고 그랬잖아. 그립다.

개인 블로그에도 글을 많이 올렸네. 주로 일기를 올렸던 것 같고.

[5월 1일. 시발 좆까 거짓말이지 말이 되냐 이게]
[5월 2일. 왜 나야? 대체 내가 뭘 잘못했다고?]
[5월 3일. 무섭다. 단지 두부와 엄마만 머리가 안 보이는 것이 아니었다. 집 밖을 나가보니 다른 사람들, 그리고 동물들의 머리도 똑같이 안 보인다. 내가 뭐에 씌었나? 홀렸나?]
[5월 4일. 엄마가 정신과에 가보자고 해서 숟가락을 던졌다. 엄마가 설거지하며 울었다. 나는 엄마를 안아드렸다. 병원에 한번 가보자고도 했다. 어쩌면 엄마 말이 옳을지도 모르지.]

★

환각일 터였다. 그러나 정신과에서 받아온 약물을 복용해도 환각은 없어지지 않았다. 머리 없는 생물들은 여전히 머리가 없었다. 그나마 약물이 제 몫을 다한 덕분에, 진성은 머리 없는 사람들을 전보다 진정된 마음으로 바라볼 수 있었다. 어느새 발에 걷어차인 것은 잊었는지 머리 없는 하얀 포메라니안이 진성의 가슴 위로 뛰어 올라와 보이지 않는 혀로 진성의 뺨을 핥는 것에도 익숙해졌고, 앞치마를 두른 머리 없는 엄마가 식칼을 들고 애호박을 써는 뒷모습에도 익숙해졌다. 머리 없는 아버지가 넥타이를 매느라 분주히 움직이는 모습에도. TV 속 연예인들이 머리 없는 모습으로 박장대소하는 모습도……

……역시 적응이 되지 않았다.

진성은 점점 더 영상보단 텍스트에 의존하기 시작했다. 전보다 인터넷 커뮤니티에 들어가 노는 시간이 늘어났고, 인스타그램보단 트위터나 페이스북 같은 텍스트 위주 SNS를 더 즐기기 시작했다. 인터넷 강의 대신 라디오 강의를 들었고, 드라마 대신 웹소설을 보느라 넷플릭스도 끊는 등 영상이란 영상은 죄다 멀리했다.

남몰래 간직해둔, 밤에 보는 위안용 영상 하나만 빼고.

약에 절어 잠든 여자들이 나오는 것이었는데, 여자들의 신상을 감춰주기 위해서인지 카메라가 교묘히 머리 부분만 영상에 나오지 않게 촬영한 것이었다. 진성은 진심으로 다행이라 생각했다. 만약 이 영상 속 여자들이 머리가 나오는 상태로 찍혔다면 지금의 진성에겐 분명 머리 없는 여자들로 보였을 테니까. 아무리 정신과 약을 먹고 있더라도 불쾌함 그 자체가 사라질 일은 없었을 것이다. 진성은 스스로 결코 시체 성애자가 아니라고 자부했기에, 제가 머리 없이 누워 있는 여자들에게 꼴릴 리가 없다고 여겼다.

영상에 등장하는 여자들은 총 네 명이었는데, 얼굴은 나오지 않으니 알 도리가 없었으나 하나같이 몸매가 좋았다. 특히 가장 가슴이 큰 여자는 쇄골에 푸르스름한 반점이 있었는데, 여자의 잠든 몸이 흔들릴 때마다 긴 머리카락이 반점을 가렸다가 드러냈다가 했다. 진성은 그 여자가 좋았다.

매일 밤 몇 발 빼고 나면 나른하고 달콤한 무기력이 찾아들었고, 그제야 진성은 곤히 잠들 수 있었다. 그리고 아침이 되면 새로운 지옥이 시작되었다. 좋든 싫든 방에서 나와 식구들을 마주하고 밥을 먹을 수밖에 없었다. 모친의 간곡한 부탁 때문이었다.

"게임을 너무 많이 해서 그렇게 된 것 아니니?"

"대체 눈에 무슨 짓을 한 거야. 하나 있는 아들이라는 게……."

진성은 때론 화를 내고 때론 울고 때론 무시하며 밥을 먹었다. 집 밖으론 거의 나가지 않았다. 다행히 진성의 부모도 제발 집 밖에 나가라고 밀어내진 않았다.

거실에서 TV를 보고 웃으며 과일을 먹는 부모를, 진

성은 증오 어린 눈빛을 한 채 열린 방문 틈 사이로 훔쳐보았다. 그러곤 생각했다. 저 사람들은 날 부끄러워한다고, 그리고 거추장스러워한다고.

이건 내 잘못이 아닌데.

진성은 유서를 써두었다. 자신에게 세상이 어떻게 보이고, 세상이 자길 어떻게 보는지 썼다. 쓰다 보니 울화가 가라앉아서, 그날 그는 23층 창밖으로 곧장 뛰어내리는 것만은 면할 수 있었다.

어느 날 진성은 여느 때처럼 인터넷 커뮤니티를 하다가 이런 글을 썼다.

○○○ 커뮤니티

💬 **사람 머리 안 보인다는 미친놈 또 왔니?**

○○ (112.48) / 2020.05.07 02:13:27

＊음란물, 차별, 비하, 혐오 및 초상권, 저작권 침해 게시물은 민형사상의 처벌을 받을 수 있습니다.

여자친구 무모증엔 쉽고 간편한 뷰티풀라이너!

네 다녀왔습니다

세상에 나 같은 새끼 또 없냐

↳ ○○ (223.38) : 저번부터 뭔 드립인데

↳ ○○ (342.12) : 내 친구 중에도 이런 애는 있음

↳ ○○ : 안면인식장애네

  ↳ ○○ (112.48) : 아니라니까

↳ ○○ (235.32) : 1

  ↳ ○○ (367.14) : 22

↳ ○○ (132.58) : 글쓴이 외롭지 않게 주작하는 애들 개많네 진짜 이런 애들이 있다고 쳐. 다 ○○○ 커뮤니티에 몰려 있겠냐?

  ↳ ○○ (235.32) : 내가 니같이 할 짓 없어서 이딴 걸로 주작하겠냐 새벽에 잠 안 못자다가 이 글 보고 반가워서 댓글 달았다 그게 죄냐?

  ↳ ○○ (367.14) : ㄹㅇ

○○ / 세 명이나 있다고?

●●●● / 구라지 시발?

전체글 / 개념글

말도 안 돼.

처음은 경악, 다음은 의심, 마지막은 기쁨이었다.

정말일까? 있을 수 없는 일이었다. 그러나 그 '있을 수 없는 일'이 진성에겐 일어나지 않았는가. 다른 이들

에게 일어나지 못하리란 법이 있나?

진성은 입을 틀어막고 눈물을 흘렸다. 더는 혼자가 아니었다. 인터넷 커뮤니티 최고!

공감의 댓글을 올린 이들에게 진성은 쪽지로 오픈 채팅방 링크를 보냈다. 코로나 시국에 위험하긴 하지만, 꼭 만나보고 싶으니 오프 모임을 갖자고 말이다. 커뮤니티 이용자 중 진성과 비슷한 증상을 보이는 친구가 있다는 사람을 포함해 총 셋 모두 오픈채팅방에 들어왔고, 진성과 반가운 인사를 나누었다. 그들은 밤새도록 이야기를 했다. 부모를 포함한 타인이 얼마나 자신들을 꺼림칙하게 여기고 무시하는지, 자신들의 눈에 세상이 얼마나 흉측하고 보기 싫게 느껴지는지에 얘기를 했다.

> 가끔 그런 생각을 해요. 진짜 다들 모가지 댕강 잘라버리고 싶다고. 어차피 우리 눈엔 머리 있든 없든 똑같이 보일 거 아니야?

누군가의 말에 다들 동의하며 웃었다. 진성은 웃는 한편으로 마음이 아팠다. 얼마나 속이 썩어들어갔으면. 얼마나 다들 쌓인 게 많았으면. 그날 넷은 평소 남들에겐 할 수 없었던 말들을 시원하게 토해냈다. 마지막엔 취미 생활 얘기를 하다가 좋은 영상 공유 사이트까지 나누었다. 의외로 넷은 그런 영상 취향도 비슷했기에, 채팅을 끝낸 진성은 참으로 오랜만에 즐거운 대화를 나누었노라고 생각했다.

오프라인에서 실물로 보니—물론 머리는 보이지 않았다—나이대가 생각보다 다양했다. 20대 중반인 이진성, 진성과 동갑인 박강민, 30대 초반인 오경현, 그리고 10대 후반인 손유찬까지.

그날은 연탄집에서 돼지고기와 김치찌개를 먹었다. 아직 어린 유찬은 저녁값을 면해주면서 도중에 보냈고, 남은 셋이서 소주에 안주까지 시켜 신나는 밤을 보냈다.

진성은 남은 고기를 모친에게 드리기 위해 포장을 부탁했다. 그러곤 술에 취해 휘청거리며 걸었다. 길거리는 머리 없는 사람들로, 광고 전광판은 머리 없는 여자들로 가득했다. 집에 돌아가는 길에 오픈채팅방을 들여다보며 진성은 행복했다.

그리고 얼마 후,

경현은 즐겨 찾는 ◇◇◇ 커뮤니티에 동거인을 구하는 글을 올린 참이었다. 취식은 이쪽에서 해결해줄 테니 집안 살림을 거들어줄 여성분이면 좋겠다는 글을 썼다. 간단한 면접을 거친 후 동거인을 결정하겠다고 했고, 면접은 주말에 집 근처 카페에서 보기로 했다.

카페 유리문 상단에 걸린 풍경이 달랑 울렸다. 제 쪽으로 걸어오는 교복 소녀의 다리를 훑어보며, 경현은 쾌재를 불렀다. 그가 기대한 대로였다. 아마 가출 소녀이리라.

"안녕하세요, ◇◇◇ 커뮤니티에 글 올리신 거 보고 왔는데."

"네, 아이고……고생이 심하셨나 보……."

소녀의 낡고 더러운 운동화를 보는 척하며 시선을 점차 위로 올리던 경현의 눈에 경악이 어렸다.

"왜 그러세요?"

"머리가……있으시네?"

소녀가 웃었다.

"감사해요. 그런 말 가끔 들어요."

나 여자친구 생겼다 축하 좀. 흐흐

그 메시지 이후로 경현은 오픈채팅방에서 아무런 말을 하지 않았다. 나간 것은 아니었다. 채팅방 인원은 여전히 네 명이었으니까. 그러나 새 메시지가 올라와 확인해보면 늘 지워지지 않는 '1'이 메시지 옆에 붙어 있기 일쑤였다. 진성은 조금 서운했다. 그때 여자친구 생겼단 메시지 보고 다들 축하해줬는데, 경현은 그 축하 메시지들도 확인 한번 안 했다. 대체 뭐 하고 살길래? 메시지 확인조차 못 할 정도로 바쁜가? 연애 감정 따위가 우정보다 우위냐? 인간이 나이 처먹고 뭐 하는 짓이야.

그리고 지워지지 않는 숫자 '1'은 어느새 '2'가 되었다. 유찬이 증발한 것이다. 이미 경현의 일로 마음 정리를 하고 있던 진성은 이번엔 그러려니 했다. 가장 어렸던 유찬에겐 애초에 아무 기대도 하지 않았다. '난 소개 안 시켜줄건데요 잘난 형들한테 뺏기면 어쩌려고.' 이 말은 아마 겸양이 아니었던 모양이었다. 유찬은 진심으로 자기에게 여자친구가 생기면 진성이나 강민, 경현에게 뺏기게 될까 봐 걱정했던 것이라고, 진성은 결론을 내렸다. 괜히 검은 스마트폰 액정에 비친 자기 얼굴을 골똘히 쳐다보면서. 이제 그는 유찬을 떠올리고 있었다. 어린 새끼, 여드름투성이에 교복 차림이었던 게 여자가 꼬일 상은 아니었지. 겨우 하나 건졌는데 뺏길까 봐 어지간히 무서웠던 모양이라고, 진성은 이해해주기로 했다.

그는 강민에게 개인 메시지를 보냈다.

야

바로 답변이 왔다.

ㅇ

동갑이라 말을 트기로 한 사이였다. 진성은 오타를 내지 않으려고 천천히 자판을 눌렀다.

우린 여자친구 생기면 꼭 서로 소개시켜주는 거다

숫자 '1'은 곧장 사라졌다.

ㅇㅇ

이 새끼, 사람이 말을 하면 '왜 그러냐'라고 물어볼 법도 한데, 묻지도 않아 괘씸했다. 진성은 짜증이 나 괜스레 두부 쪽으로 걸어가 보이지 않는 머리 대신 등을 쓰다듬었다. 강아지는 손길을 피해 진성의 모친에게로 가버렸다.

"아, 너까지 왜 이러냐."

TV를 보고 있던 진성의 어머니의 앉은 자세가 조금 바뀌었다. 아마 진성을 올려다보고 있는 모양이었다.

"너 또 두부한테 그러니?"

진성은 모친의 무릎에 머리를 뉘고 징징댔다.

“나한테 여자는 엄마뿐이야.”

진성의 어머니가 혀를 차며 아들의 이마를 쥐어박았다. 그러나 기분이 나빠서 그런 것은 아니라는 걸 진성은 알았다.

“징그러워, 얼른 장가 가. 그래야 나도 네 수발들어 준 세월에 끝을 보지.”

“그래, 내가 얼른 며느리 데리고 올게.”

진성의 머리 위로 한숨 소리가 흘렀다.

“일단 취직부터 해야 며느리고 뭐고…….”

“알았어.”

진성은 벌떡 일어나 제 방에 들어갔다. 어느새 나빠진 기분을 주체하지 못하던 그는 침대에 누워 바지 샅에 손을 넣곤 영상을 보았다. 여자들을 비추는 어둠 속 주홍빛 조명이 진성을 달래주었다.

그러나 벌써 수십 번쯤 본 영상이라 그런가 보고 있자니 점점 지루해졌다. 오나홀이나 영상으로 달랠 게 아니라 룸빵에 가고 싶었다. 코로나 때문에 이게 뭔지. 가만, 가면 안 되나? 영업도 할 텐데? 그는 체크카드 잔액과 지갑 속 지폐를 세어보았다. 부족했다.

우울해진 진성은 일어나 옷을 챙겨 입곤 집 밖으로 나섰다.

번화한 거리로 가보니 제법 많은 사람이 있었다. 코로나라든가 사회적 거리 두기 따위 개나 준 모양이었다. 진성은 마트에 들어갔다. 들어가면 1층에 패스트푸드점이 있다. 거기서 식사를 할 생각이었다. 그러면 집에 가서 머리가 보이지도 않는 부모와 함께 한 냄비에 숟가락질할 일은 없겠지.

메뉴를 기다리던 진성의 눈에 건너편 카페의 풍경이 들어왔다. 뭔가 이상했다. 여느 때처럼 머리 없는 사람들로 가득했다. 그건 이상한 일이 아니었다.

한 여자에겐 머리가 있었다.

진성은 눈을 깜박여보았다. 비벼보기도 했다. 그러나 여자의 머리는 사라지지 않았다. 카페 2인석에 앉은 여자는 책을 보며 커피를 마시고 있었다. 빨대를 빠는 붉은 입술, 그리고 오뚝한 코와 커다란 눈이 차례대로 진성이 시야에 들어왔다. 그리고 목끼지 올라오면서 착 달라붙는 폴라티를 입어 두드러진 가슴, 중요했다. 진성은 저도 모르게 침을 삼켰다.

금방이라도 달려들어 여자에게 입을 맞추고 싶었지만, 진성은 참았다. 여자가 자길 뭐라고 생각하겠는가. 대신 그는 다가가 물었다.

"저기, 혹시 연락처 좀 받을 수 있을까요?"

가까이에서 보니 여자는 에어팟을 꽂고 있었다. 인기척을 느낀 그녀가 귀에서 에어팟을 빼고 어리둥절한 낯으로 진성을 올려다보자, 진성은 가슴이 설레었다. 그만큼 여자는 예뻤다.

"연락처 좀……."

여자가 아, 하고 탄성을 지르더니 이내 웃으며 냅킨에다 뭐라고 적었다. 그 잠시간에 진성은 머리를 냉정히 했다. 저 냅킨에 돌아올 말은 '꺼져'일 수도 있었다. 그러나, 그래도, 놓칠 수 없었다. 머리 달린 여자를 보는 게 대체 얼마 만인데!

다행히도 진성이 받아 든 냅킨엔 열 한 개의 숫자가 가지런히 적혀 있었다. 그는 실실 웃으며 자리로 돌아가 햄버거를 씹고 콜라를 빨았다. 당장이라도 강민에게 메시지를 보내고 싶었다.

나 여자친구 생길 것 같다 특 : 존나 예쁨

★

방금 오픈채팅방 메시지도 다 읽었는데, 진성 씨, 이거 내 얘기지? '존나 예쁨' 말이야.

처음 당신을 봤을 땐 좀 당황한 거 알아? 얼마나 멍청해 보였는지. 다짜고짜 연락처 달라고 하는 남자, 엄청 인기 없는 거 알지? 지금은 알려나? 모르겠다. 하지만 분명한 건, 나 장하늘이 아닌 이상 그렇게 바보 같은 당신에게 연락처를 줄 여잔 없다는 거야.

★

하늘을 만난 뒤로 진성은 매일 즐거웠고, 초조했다. 하늘이 좋아서 즐거웠고, 왜 하늘만이 머리가 달린 채 그의 눈 앞에 나타난 것인지 알 수 없어 초조했다. 하늘과 손을 잡고 걷다가도 멈춰 세우고 그의 진실을 털어놓고 싶었으나, 그러면 달아날 것 같았기에 진성은 속내를 꾹 숨겼다. 답답한 밤엔 영상을 보았다. 보이지 않는 여자들의 머리에 하늘의 얼굴을 머릿속으로 합성한 뒤 즐기며 견뎠다.

그러나 어느 날 결국 털어놓고 말았다.

"자기 눈에 나 외의 다른 사람들은 머리가 없어 보인다고?"

진성이 고개를 끄덕였다.

"미친 소리같이 들리겠지만, 정말이야. 자기 아닌 다른 사람들은 머리가 없어. 내 눈에만 그렇게 보이는 것도 아니야. 세상 사람들 전부가 나처럼 머리 없이 보인다는 다른 친구들도 있어.”

“친구들? 어떻게 만났어?”

“인터넷에서.”

하늘은 ‘자기 머리 말고 다른 사람들 머리는 안 보여’라는 말을 들었을 때보다 묘한 표정을 지었다. 당황한 진성이 물었다.

“왜, 인터넷 싫어해?”

“싫어하는 건 아니지만, 인터넷에서 만난 사람들을 믿을 수 있어?”

진성이 웃었다.

“그럼 길거리에서 우연히 만난 자기랑 나도 서로 믿을 수 없어야 하는 거잖아?”

하늘이 수긍했다.

“그렇네. 아무튼, 조심해. 요샌 별일이 다 일어난다니까⋯⋯.”

그러곤 슬픈 표정이 되었다.

“힘들었겠다. 그동안 다른 사람들 머리가 안 보였다니⋯⋯얼마나 외로웠을까.”

하늘이 그의 손등에 손을 얹고 도닥이자, 진성은 울컥할 뻔했다. 누군가의 감정 풍부한, 그것도 진성을 걱정해주는 표정을 본 것이 얼마 만인가? 목구멍까지 차오른 눈물을 삼키며, 그는 애써 밝게 웃어 보였다.

"괜찮다니까? 친구들도 만났고……아 참, 나 자기 만나기 전에 친구들한테 약속했어. 여자친구 생기면 꼭 소개해주겠다고."

"뭐야, 내 허락도 없이?"

"그땐 자길 몰랐으니까. 만나줄 거지?"

진성이 하늘의 손을 붙들고 간곡히 부탁했다. 그는 경현이나 유찬처럼 굴기 싫었다. 같은 아픔을 공유하며 친해진 사람의 믿음을 저버리고 싶지 않았다.

하늘이 짐짓 눈을 부라리며 승낙했다.

"알았어. 대신, 나중에 내 부탁도 들어줘."

"좋아, 나중에 꼭 들어줄게."

진성은 곧장 강민에게 메시지를 보냈다.

여자친구가 허락했음 날짜 잡자

어 근데 나도 혼자 안 갈 듯

?

나도 생겼어ㅎ

“김지수라고 해요.”

역시 안 보인다, 머리. 진성은 그렇게 생각했지만, 겉으론 아무렇지 않은 척 강민의 여자친구에게 인사를 보냈다. 강민의 머리가 보이지 않아 표정을 알 순 없었지만, 아마 강민도 같은 생각을 하고 있을 것이 분명했다. 그의 눈에도 하늘의 머리가 안 보이겠지.

레스토랑에 도착했을 때, 진성은 예약을 잡아두길 잘했다고 생각할 수밖에 없었다. 사람들로 붐비고 있었던 것이다.

하늘이 의자를 끌며 일어났다.

“저 화장실 좀 다녀올게요.”

“아, 저도요.”

지수도 일어나 하늘을 따라갔다. 처음 보는 사이일 테지만, 진성의 눈에 여자들은 자기들끼리 있을 때도 견제하지 않고 잘 노는 것 같았다. 그가 생각한 대로 하늘은 똑똑한 것이 틀림없었다. 여자들끼리 견제하는 것만큼 남자들이 보기 싫어하는 것도 드물다는 걸, 하늘은 이미 알고 있는 듯했다.

“너, 지수 머리 보이냐?”

강민이 운을 뗐다. 진성은 고개를 흔들려다가 정신을 차리고 입으로 “아니.”라고 말했다. 고개로 의사 표시를 하는 것은 여전히 고쳐지지 않은 습관이었다.

진성이 물었다.

"넌 지수 씨한테 얘기했어?"

"어."

"얘기했더니 뭐래?"

"울다가 웃다가 하더라. 얼마나 힘들었을지 자긴 상상도 안 된다나."

진성이 강민의 어깨를 툭툭 두드렸다.

"잘 됐다, 너. 좋은 여자 만났네."

"너도."

강민이 허공에서 손가락을 움직였다. 아마 뺨을 긁적이는 것 같았다.

"야, 우리 어쩌면 이거, 다른 사람 머리가 안 보이는 것 말이야. 저주 같지만 사실 축복 아닐까?"

"그건 또 무슨 소리야?"

그러나 진성은 강민이 무슨 얘길 하려는 것인지 알 수 있었다. 그건 진성도 생각해본 것이었으니까. 너무 소녀틱한 발상이라 차마 입 밖에 내지 못했을 뿐.

어쩌면 우리는 웹소설이나 라이트 노벨에 나오는 주인공들처럼 특수한 능력을 얻게 된 것이 아닐까? 다른 사람의 머리를 볼 수 없는 대신, '운명의 상대'의 머리는 볼 수 있게 되었다든가?

진성과 강민은 모처럼 만나 수다를 떨었다. 두 여자가 그들의 상황도 완벽히 이해해주고 있었기에 눈치 볼 것도 없었다.

즐거운 밤이었다. 낯선 번호로 이상한 사진이 온 것만 빼면.

한 번도 본 적 없는 남자들의 머리 사진이었다. 사진은 총 두 장이었다. 둘 다 창백한 낯에 놀란 기색이 역력했고, 고통스러워 보였다. 하나는 나이가 제법 있어 보였고, 다른 하나는 아직 어린 티가 가시지 않은 얼굴이었다.

진성이 스마트폰을 떨어뜨리자 하늘이 놀란 얼굴을 들어 그를 바라보았다.

"진성 씨, 괜찮아?"

"어, 아무것도 아니야."

누가 이런 장난을 친 거지? 분명 진성이 다른 사람의 머리를 못 본다는 사실을 알고 있는 이가 틀림없었다. 그렇다면……이 엽기 사진을 보낸 건 강민이나 경현, 유찬일 것이다. 머리를 볼 수 없는 진성이 왜 이 사진 속 두 남자의 머리는 볼 수 있는 건진 모르겠지만, 그건 어떻게든 방법을 찾아낸 모양이겠지. 진성은 화

가 나 개인 메시지로 거칠게 퍼부어주려다 하늘도 동
석한 자리를 망칠까 봐 그만두었다. 대신, 자리를 파하
고 헤어질 때 용의자 중 한 명인 강민에겐 한마디도
하지 않았다. 강민도 편치 않은 낯으로 진성에게 말을
걸지 않았는데, 진성은 아마 찔려서 그랬겠거니 생각
했다.

집으로 돌아가는 길에, 진성은 눈치를 보다가 처음
으로 하늘의 어깨에 팔을 둘렀다.

놀란 기색 없이 순순히 그의 팔에 몸을 맡기는 여
자를 보며, 진성은 조금 흥분했다. 곧 섹스할 수 있겠
지. 사실, 그는 하늘에게 자기 비밀을 털어놓을 때부터
묘한 기대가 있긴 했다. 대개 여자들은 남자의 가엾은
사정에 약하니까, 비밀 얘길 하면 하늘이 그를 좀 더
일찍 받아들여 주지 않을까, 하는.

"오늘 즐거웠어?"

하늘이 고개를 끄덕였다. 그리고 망설이더니 내뱉
었다.

"지수 씨 예쁘더라."

이거 설마 '떠보기'인가? 진성은 하마터면 웃음을
터뜨릴 뻔했다. 하늘이 너무나 귀여운 나머지 그녀를
끌어안은 팔에 좀 더 힘이 들어갔다.

"그 여자랑 자기랑 비교가 돼? 자기는 머리가 달렸잖아, 다른 여자들이랑 다르게."

"자기는 그 여자 얼굴도 안 보였어? 엄청 예뻤는데, 안 됐네."

진성은 하늘을 안심시켜 주고 싶었다. 그래서 단호하게 말했다.

"난 우리 자기 얼굴밖에 안 보인다고."

그날 밤, 헤어지기 직전 진성은 하늘에게 입맞춤을 시도했지만, 하늘이 웃으며 밀어냈다. 그러나 진성은 섭섭할지언정 화가 나진 않았다. 하늘의 눈을 바라보고 있자니 화가 나려다가도 가라앉았으니까. 사람과 사람이 눈을 똑바로 마주한다는 것은 이렇게 기쁜 일이구나. 진성은 생각했다.

집에 돌아와선 영상을 보았다. 또 보이지 않는 여자들의 머리에 하늘의 얼굴을 덧씌운 상상을 하려 했으나, 대신 그의 머릿속에 떠오른 것은 여자들의 영상에 아까 받은 사진 속 두 남자의 머리가 조악하게 합성된 모습이었다. 뒤척이는 여자들의 풍만한 몸 위로 하얗게 질린, 살아 있는 것 같지 않은 남자들의 얼굴이 달린 모습.

진성은 비명을 지르며 베개에 얼굴을 파묻었다.

★

꿈이 아니야, 진성 씨. 꼬집어보면 알걸. 아, 못 하겠구나, 묶여 있어서.

여긴 내가 다니던 학교 뒷산이고, 내 옆의 이 나무는 내가 목을 맸던 장소야. 내가 귀신인지 아닌지 궁금한 표정인데, 이건 말해주면 재미없으니까 비밀로 할게.

여길 왜 데려왔는지 궁금해? 인제 와서 알아도 달라질 건 없긴 해. 그래도 설명을 해줄게.

당신을 여기까지 데려온 건 내가 아니야. 당신 죄의 업보야.

죄? 무슨 죄? 표정을 보아하니 그런 생각을 하고 있나 보네.

……있잖아. 내가 조금밖에 말을 안 했는데 벌써 지루해 못 견디겠어? 안 됐다. 진성 씨는 오늘 내가 하는 말 다 들어줘야 해.

예전에 말이야, 별로 친하지도 않은 친구들이랑 클럽에 놀러 갔던 적이 있어. 왜, 나랑 진짜 친한 친구들은 그런 거 별로 안 좋아하거든. 집에서 연예인 좋아하거나 자격증 공부하거나, 되게 얌전한 애들이야. 아무튼, 나도 그랬으면 이런 일 안 당했을까. 그렇다고 내가 마신 술잔에 약이 있었던 게 내 잘못은 아니지. 그리고 그때 강간당한 것도 내 잘못이 아니야.

영상을 봤는데, 우리 얼굴은 안 나오더라. 그렇지만 당신도 알잖아? 머리 따위 나오지 않아도 누군지 다 알게 되어 있다는 거. 영상을 올린 사이트 중 몇몇 곳에선 우리 민증 사진까지 같이 올렸어. 그쪽 사람들에겐 여자가 몇 년생인지, 그런 것도 중요하다나 봐.

살 수 없어서 목을 맸는데……이건 별로 중요한 얘기가 아니니까 패스. 아무튼, 머리가 식으니까 생산적인 일을 하고 싶잖아. 그러니까, 복수 말이야.

우린 잘못한 사람—술잔에 약 넣은 사람, 촬영한 사람, 영상을 본 사람. 다 합치면 네자릿수도 가볍게 넘어—중 무작위로 네 명을 골랐어. 나머지는 차차 찾아갈 거야.

그러니까……너무 슬퍼하지 마. 매 먼저 맞았다고 생각해.

처음으로 내 얼굴만 보인다는 말을 들었을 때, 가슴이 설레더라. 진성 씨는 내 첫 남자야—남자들은 이런 말 좋아하지?

하지만 마지막으로 죽일 남자는 아닐 거야.

146

진성은 틀어막힌 입으로 최대한 비명을 질렀다. 그 영상 본 거 우리만 있는 것도 아니고, 솔직히 잘못한 문제로 따지면 영상 올리고 너희 약 먹인 새끼들이 더 나쁜 거 아니냐고. 왜 우리가 걸린 건데?

엄마, 두부야⋯⋯아빠⋯⋯.

죽고 싶지 않아, 살려줘.

눈물과 콧물이 얼굴 반쪽을 뒤덮었다. 문득 진성의 눈엔 하늘이 한여름인데도 목까지 가린 얇은 폴라티를 입고 있는 것이 들어왔다.

잠깐, 그러고 보니 하늘은 항상 폴라티를 입고 있었다. 왜 진작 몰랐을까?

진성은 있는 힘을 다해 앞으로 고꾸라졌다. 하늘에게 묻고 싶었다. 네 옷 안쪽엔 목이 졸린 자국이 남아 있는 거야? 혹시, 쇄골 근처엔 푸른 반점이 있는 거야? 죽게 되더라도 그것만은 알고 싶었다. 미친 듯이 궁금했다. 도끼가 날아들어 숨을 끊어낼 때까지, 그런 것이나 궁금했다.

💬 요즘 머리 안 보인다던 새끼 안 보이노

○○ (356.25) / 2020.07.25. 03:27:19

※ 음란물, 차별, 비하, 혐오 및 초상권, 저작권 침해 게시물은 민형사상의 처벌을 받을 수 있습니다.

"싸주세요......." 개꿀 편의점 남알바

어디 감

전체 댓글 6개 / 조회수 1397

↳ ○○ (112.48) :

https://blank.wiki/w/C6&D4&AC&E1&C0&B0&20&BA&38&B9&AC&20&C5&C6&B2&94&20&C2&DC&CC&B4&20&C0&AC&AC&74

  ↳ ○○ (356.25) : 뭐임? 뒤졌음?

  ↳ ○○ (180.67) : 장난치지 마라

  ↳ ○○ (137.62) : 근데 112.48 이거 머리 안 보인다고 징징대던 그 새끼 본인 IP 아님?

  ↳ ○○ (235.94) : 얼ㅋㅋㅋㅋㅋ마지막글 유작됐네 ㅓㅜㅑ

  ↳ ○○ (221.34) : 글삭해 샹년아 사람 죽은 얘기가 재밌냐?

★

탈퇴하시겠습니까?

YES / NO

프로메테우스의 여자들

프로메테우스의 여자들

✦ 《구도가 만든 숲》(안온북스, 2022년 10월) 수록

딸을 단련시키는 일은 어머니의 몫, 이름 짓는 일은
아버지의 몫.

연소는 제 이름이 마음에 들었다. 요사이 신경 쓰
이는 남자애의 이름, '가락'보다는 훨씬 낫다고 생각했
다. 노랫가락의 가락보단 타오른단 뜻인 연소가 더 무
인의 길에 어울렸으니까.

그러나 정작 이름 지어준 장본인, 아버지의 생각은
달랐다.

"타오르는 것은 언젠가 재로 화하기 마련이야."

아버지가 연소의 머리카락을 쓰다듬으며 중얼거렸

다. 그럼 다른 이름을 지어주면 되었잖아요, 라고 묻고 싶었으나 연소의 생각에 그러면 아버지가 더 우울해할 것 같았다. 아버지는 내 이름을 '연소'라고 짓고 싶지 않았던 건가? 하여간, 이름 짓는 일은 남자들의 몫. 여자인 연소로선 도통 알 수 없는 영역이었다.

아버지는 연소의 생각을 알아차린 듯했다.

"내 의지가 아니었어. 거부할 길이 없었단다."

연소는 눈을 끔벅이며 아버지의 말이 무슨 의미일지 생각했으나 머리만 아파졌기에 그만두었다.

이름 없던 딸에게 이름을 지어준 그해 겨울, 아버지는 잠자듯이 숨을 거두었다. 해야 할 일을 마친 사람만이 지을 수 있는 평온한 얼굴로.

온화하고 아름다우며 가냘팠던, 이름 주신 이. 연소는 아버지를 잊으려고 노력했다. 그에게서 물렁물렁한 부분을 물려받았을지도 모른단 생각이 드는 것조차 두려웠기에.

"……."

살이 터졌는지 입안에 피 섞인 침이 차올랐다. 연소의 악다문 입매가 붉그스름한 것을, 어머니는 놓치지 않았다.

"입을 헤 벌리고 싸우니 그런 꼴을 당하는 거다. 제대로 이를 악물고 주먹을 맞았다면 입안에서 피가 흐를 일도 없었겠지, 아니……."

어머니가 빈정거렸다.

"애초에 네가 주먹을 맞지 않았다면 피 볼 일이 없었겠구나."

연소는 부릅뜬 눈으로 어머니를 노려보다가 바닥에 침을 퉤 뱉었다. 핏물이 바닥에 검게 스몄다.

트레이닝 룸 바닥엔 흙이 깔려 있었다. 모래와 잔돌이 섞여 있어서 큰 충격은 흡수했으나 잔돌이 이따금 살에 박히곤 했다. 그러나 이런 흙조차 '탑'에선 꽤 귀했다. 흙을 구하려면 탑 밖으로 나가야 했으니까. 그리고 탑 밖으로 나가는 것은 단련된 무인이 아닌 이상 자살행위였다.

어머니에게, 연소는 다시 달려들었다. 단련하기 위해, 강해지기 위해.

탑 밖으로 나가기 위해.

어머니는 이번에도 가볍게 피했다. 연소의 목검은 의도한 대로 어머니의 정수리를 내려치기는커녕, 어머니의 사정거리 안에 들어간 순간 보호대를 찬 무릎에 막히고, 발놀림에 이리저리 휘둘리다가 걷어차여 저만치 날아가버렸다.

연소는 그때를 노렸다. 어머니가 연소를 무장해제 했다고 방심했을 때를.

"……!"

……방심하지 않았다, 어머니는.

연소가 날린 주먹은 어머니의 뺨을 스치긴 했으나 제대로 가격하진 못했다.

거리가 좁다. 너무 가깝다. 이 거리에선 위험해.

어머니는 인정하지 않았으나, 연소는 전투 감각이 썩 괜찮은 편이었다. 공격 대신 방어 가드를 올리자, 간발의 차로 어머니의 발이 가드에 막혔다. 물론 충격은 있었기에 연소는 휘청거렸다.

한동안 거친 숨소리만 들렸다.

"나쁘지 않다."

어머니가 내뱉었다. 연소는 놀라서 고개를 들어 어머니의 표정을 살폈다. 과묵한 여자였기에, 연소가 알기로 방금 말은 어머니 딴엔 꽤 큰 칭찬이었다.

연소는 헤죽거리지 않으려고 애썼다.

"전 무장 상태였어요. 어머니보다 좋은 조건에서 겨뤘죠."

"누가 아니라더냐? 그 조건이 아니면 네가 내 신들

메나 건드릴 수 있을까."

가소롭다는 목소리였다.

연소는 눈 앞의 여자가 오만하다고 생각했으나, 마음을 고쳐먹었다. 이 여자는 오만할 만해. 구역 내 동년배에서 가장 강한 인간이니까. 그리고 내가 아는 한, 이 여자의 강함에 구역의 경계는 의미가 없다. 다른 무인을 어머니로 둔 여자애들도 '나의 어머니'에게 배우고 싶어 한다…….

그래서 연소는 고개를 숙였다. 경외의 의미, 그리고 입으로 욕을 중얼거리는 것을 들키지 않기 위해서였다. 염병, 이 인간 완전 강해.

연소는 손을 내밀었다. 다른 이들과는 훈련을 종료하면 으레 나누는 인사였으나, 어머니는 그 손을 거들떠보지도 않고 트레이닝 룸을 나가버렸다.

"아, 진짜."

연소는 손등으로 땀을 훔치며 바닥에 드러누웠다. 트레이닝 룸 문이 달칵 열렸다.

"야, 연소 너 갈아입을 옷은 갖고 왔냐?"

연소가 돌아보지도 않고 대꾸했다.

"갖고 왔겠냐?"

"그럴 줄 알았어."

너한테 바란 내가 바보야, 하고 소년이 투덜대며 옷가지를 집어 던졌다. 연소는 옷 뭉텅이가 얼굴을 가격하는 것을 저항 없이 받아들였다.

"그걸로 갈아입고 예배에 참석해. 나는 간다. 신부님 돕느라 바빠. 다음부턴 네가 직접 챙기란 말이야, 사람 시키지 말고."

연소가 중얼거렸다.

"약혼자 됐다 뭐에 써."

"네 수발들려고 약혼한 줄 알아?"

방을 나서려던 소년이 성큼성큼 흙바닥까지 쳐들어와 소리를 질렀다. 연소는 옷가지를 치우고, 저를 내려다보는 소년의 얼굴을 올려다보았다. 천장의 인공태양을 등진 소년은 휘광을 두른 것 같았다.

아버지를 닮았네. 그러나 연소는 그 말을 입 밖에 낼 정도로 천연덕스럽진 못했다. 그저 이렇게 말했다.

"가락아, 나 좀 일으켜줘."

가락은 커다란 눈을 가늘게 떴으나, 결국 연소와 손을 맞잡았다. 그러면서 종알거렸다.

"상식적으로 바닥에 흙이 깔려 있으면 땀 범벅인 몸으로 드러눕지 말아야 하는 것 아니냐? 지금 너 등짝에 온통 흙범벅이야."

“시끄러워, 빨면 되잖아.”

“너나 조용히 해. 흙물 은근히 안 빠진다고.”

연소는 마르고 단단한 손의 감촉을 잠시 느끼고 있었다. 남자애들은 무예를 익히지 않지만, 가락에겐 제법 잔근육이 붙어 있었다. 일상생활 움직임으로도 이 정도는 되나? 연소는 그렇게 생각하며 몸을 일으켰다. 한순간에 눈높이가 평등해지고, 소년은 잠시 입을 벙긋거리며 뭐라 말하려 했으나 말하진 못했다.

그 모습이 연소는 조금 우스웠다. 가락의 귓불이 빨갰다.

“뭘 히죽거려? 빨리 씻어.”

연소는 거울을 보고서야 제가 웃고 있었단 것을 알았다. 가락이 앞서 걸었고, 연소는 느긋하게 뒤를 따랐다. 사실 빨리 걸을 힘이 없었다. 아까의 훈련으로 힘을 다 소진한 상태였다. 가락이 투덜거렸다.

“다시 없을 중요한 날인데 너는 그 꼴이라니.”

“뭐가 중요한 날이냐? 누구든 인생에 한 번 겪는 일이면 중요할 것도 없지 않아?”

소년이 멈춰 섰다.

“‘한 번’은 중요해. 더구나 그걸로 네 삶 전부가 결정된다면, 정말 중요하지 않아?”

그렇게 말하는 소년의 목소리가 전에 없이 진지했다. 소녀는 내심 감탄했다. 이럴 때의 가락은 정말 연소의 죽은 아버지를 닮아 있었다. 그러나 연소가 할 말은 정해져 있었다.

"내 삶은 이미 결정되었어."

소년이 뒤를 돌아 소녀와 마주했다.

연소는 가락의 눈빛을 읽기 힘들었다. 언제나 대충 짐작하고 너스레를 떨 뿐이었다. 지금도 그랬다. 저 눈에 갇힌 감정은 연민, 연모, 염려, 뭐 그런 것들이겠지.

소년이 다시 몸을 돌렸다.

"넌 허례허식이라고 비웃지만, 이것도 중요해. 그리고 난 많은 사람 앞에서 네가 우습게 보이길 바라지 않아."

가락은 연소에게 주먹과 쇠붙이 외의 힘이 있다는 것을 알려준 두 번째 사람이었다. 첫 번째가 누군지는 말할 것도 없고.

연소가 대꾸했다.

"내 약혼자의 명예는 더럽히지 않지, 내가."

"말은 번드르르하지, 참나. 연소 네 성격에 잘도 버티겠다. 열 번째 시련을 다시 견디는 일이 차라리 낫지 않겠어?"

"아까는 중요하다며? 어떻게든 버티란 소리 아니었어?"

"너 하는 꼴을 보니 고운 소리가 안 나와. 오늘 훈련은 생략했어도 되지 않아? 몸치장을 했어야지! 왜 너와 네 어머님은……."

거기서 가락은 조금 멈칫하곤 방향을 틀었다.

"아니, 여자들은 왜 다 전투광인 거야?"

소녀가 소년의 어깨를 툭툭 두들겼다.

"미안합니다. 이렇게 태어나고 말았네요."

튀어 나가지 말고 자리 잘 지켜. 경청하는 척해. 진짜 경청하진 못하더라도, 시늉은 할 수 있잖아.

가락의 말이었다.

식이 진행되는 내내, 연소는 자리를 지켰고, 눈을 내리깐 채 '시늉'을 했다. 신부의 목소리는 점점 멀어졌고, 대신 주번 사람들끼리 속닥기리는 음성이 연소의 귀에 옅은 농도로 흘러들었다.

"저 애 어머니는 실패했어."

"하지만 저 애는 다를지도 몰라. 예배 시간에도 저런 얼굴로 신부님 말씀을 가만히 귀담아듣는다니까."

"하, 저 애 어머니는 신앙심이 부족해서 실패했나?"

소녀는 태평하게 제 앞에 선 소년의 뒤통수를 바라

보았다. 이따금 어깨가 움찔거리는 것을 보니, 말소리는 가락의 귓가에도 가닿은 것 같았다.

연소가 속으로 중얼거렸다. 돌아보지 마. 나한테 실컷 잔소리할 땐 언제고, 네가 돌아보면 안 되지?

자리를 지킬 생각이었다. 이 자리에서 난동을 부려 봤자 좋을 것은 하나도 없으니까. 어머니의 명예? 약혼자의 명예?

가만히 있어야 명예고 뭐고 지킬 수 있는 거다. 소녀는 그렇게 생각하며 깍지 낀 손가락에 온 힘을 주었다. 아무도 눈치채지 못할 작은 반항이었다.

신부의 목소리가 들렸다.

"다시금, 우리에게 생명의 불꽃을 가져다주실 주께 우리가 가진 가장 정순한 양을 바치옵나이다."

웃음이 나오는 것을 꾹 눌렀다. 가장 정순한 양이라.

37-126 탑은 반도 유일의 인류 거주 시설이었다. 연소의 아버지는 생전에 언제나 '우리가 37-126 탑에서 살 수 있는 건 큰 행운이다'라고 말하곤 했다. 그 말을 할 때면 평상시 겸손하고 조용하던 사람의 눈에 기쁨과 자랑스러움이 넘쳐흘렀기에, 연소는 그 이야기를 하는 아버지의 모습을 좋아했다.

아버지는 37-126 탑의 유지 보수를 맡은 수리공 중 하나였다. 게다가 다정하고 따스한 사람이기까지 해서, 연소는 아버지가 죽던 날까지 그를 매우 사랑했다. 작은 심장이 아플 만큼 그를 사랑했다.

"'그'는 여자아이들에게만 기적을 보인단다. 물론, 모든 여자아이에게 기적을 보이는 것은 아니야."

홀로그램 테이프 속 아버지는 젊고 건강해 보였다. 연소는 어머니 몰래 테이프를 보고 또 보곤 했다. 어머니에게 들키면 호되게 혼날 행동이었다.

어머니라. 연소에게 어머니는 설명하기 힘든 존재였다. 사랑하는가? 딱 부러지게 그렇다고 하긴 힘들었다. 미워하는가? 그 마음이 없진 않지만, 그것뿐만은 아니었다.

다만 두 가지는 알았다.

하나, 어머니는 패배자다.

둘, 어머니는 나를 사랑하지 않는다.

첫 번째는 다른 집 아이들의 놀림, 그리고 어른들의 방조를 통해 알게 된 것이었다. 어른들은 연소의 어머니를 대놓고 나무라지 못했다. 어찌 됐든 어머니는 무인으로서 강했고, 강한 것은 세상에서 존경받아 마땅한 미덕이었다. 어머니에게 어설프게 말이나 행동으로 공격했다간 자근자근 씹혀 뱉어질 것이었기에, 어른들은 어머니를 건드리지 않았다. 그러나 아이들은 달랐다.

아무리 강한 무인도 아이들을 상대로 제 힘을 발휘할 순 없다. 아이들은 영악했고, 연소의 어머니가 제게 손이나 목소리를 높일 수 없단 것을 알았다. 그러나 연소도 영악했기에, 그런 아이들을 몰래몰래 손봐주었다.

이따금 정도가 지나쳐, 연소에게 맞은 아이들이 부모를 대동하고 어머니를 찾아오는 일도 있었다. 그럴 때마다 어머니는 유쾌하고 깍듯한 태도로 그들을 돌려보냈다. 어머니는 싸워 이기는 데에 있어 천부적인 재능을 갖고 있었다. 그것이 몸싸움이든 말싸움이든, 어머니는 지지 않았다.

"내 명예를 위해 싸우고 다닐 필요는 없다."

제 손등에 선명하게 찍힌 잇자국을 어루만지던 연소에게 어머니가 말했다.

그 말을 들은 순간, 연소는 몹시도 아버지가 보고 싶었다. 작년에 돌아가신 아버지가 이 말을 들었으면 나 대신 어머니에게 항의해주지 않았을까, 그런 서글픔과 분노가 왈칵 솟구쳤다.

“사람들이 어머니를 실패자, 그리고 패배자라고 말해요.”

“상관없다. 나는 패배자이기도 하고 실패자이기도 하니까.”

어머니가 담담한 목소리로 말했다. 연소는 이해할 수 없었다.

“왜 어머니가 패배자인 거예요? 제가 아는 한, 어머니는 누구보다도 강하고…….”

“나는 ‘찌르지 못했으니까.’”

연소가 ‘창’에 관한 이야기를 들은 순간이었으나, 당시 연소는 이해하지 못했다. 어머니의 얼굴에 언짢음이 스쳐 지나갔다. 말을 너무 많이 했다고 느낀 듯했다.

“상관없다. 그리고, 요즈음 내 명예를 더럽히는 건 다른 누구도 아니고 너다. 다시는 나를 위한답시고 싸우고 다니지 마라.”

잘 울지 않는 아이였지만, 그날은 드물게 울었다. 연소는 저를 사랑해준 아버지가 그리웠고, 저를 사랑하지 않는 어머니가 미웠다.

로마 병사의 창에 관한 이야기를 제대로 배우게 된 건 예배 시간에서였다. 그리고 그의 상처를 헤집은 제

자에 대해 배운 것도.

"굳이 창으로 찔러가면서 죽은 걸 확인하고, 상처 구멍에 손을 넣어보는 것도 이상해요."

"인간은 의심이 많고 연약한 존재다. 천성이 그러하지. 아담과 이브가 선악과를 따먹은 것도 그래서야. 예수께서 우리를 위해 십자가에 못 박히신 이유가 있잖니. 우리 죄를 대속하기 위하여."

"의심이 많고 연약한 것이 죄가 되나요?"

가락이 손을 들고 신부에게 묻자 아이들이 낄낄거렸다.

강한 것이 힘이 되는 사회에서 연약한 것은 무엇이 되는 걸까. 가락은 연약했다. 그래서 무엇도 되지 못했다. 적어도 당시의 연소가 보기엔 그랬다.

"당연히 죄지, 그럼 아니겠니? 의심은 관계를 그르치게 하고, 연약한 마음은 옳은 것을 택하지 못하게 해. 이게 죄가 아니고 무엇이겠어."

이제 그만, 이라고 연소는 어느새 일어선 가락을 잡아당기려 했다. 그러나 가락은 앉을 생각이 없어 보였다.

"의심은 사람을 위기에서 구하고, 연약한 마음은 남의 아픔을 내 것처럼 느끼게 만들어요. 그리고 말인데요,"

여기서 가락은 커다란 눈을 빛내며 말했다.

"인간은 최초인 아담과 이브에서부터 잘못 만들어진 존재일까요? 주께서 우리를 그렇게 그릇된 존재로 창조하셨다고요?"

신부의 숨소리가 거칠어지고, 아이들이 숨을 죽였다. 연소는 속으로 가락을 동정했다. 동시에 이해할 수 없었다. 왜 그랬나, 신부가 싫어할 소리를 굳이 왜 했을까.

"혼나니까 좋냐?"

여전히 납득하지 못한 얼굴로 저에게 다가오는 가락을 보며 연소가 이죽거렸다.

"신부님이 '넌 평소에 속 썩이는 녀석이 아니었으니 이번 한 번은 봐주겠어' 라고 하셨거든. 근데 난 이해가 안 돼. 우리가 불완전한 존재로 만들어진 이유가 뭘까? 그리고 또 궁금한 거 있어."

연소는 불안해졌다.

"뭐냐? 너 또 남이 들으면 쥐어박힐 소릴 하려고."

"주님께서 우릴 불완전한 존재로 의도하여 만들었다면, 왜 우릴 있는 그대로 사랑해주시지 않는 걸까?"

연소는 황급히 주변을 둘러보았다. 다행히 아무도 없었다.

"조물주가 피조물을 꼭 사랑해야 해?"

"응, 부모는 자식을 사랑하기 마련이잖아."

"우리 어머닐 생각하면 아닌 것 같은데?"

"……미안."

"별로 기분 안 상했어."

연소는 손을 휘휘 젓곤 앞장서 걸었다.

"신이든 인간이든, '인간을 있는 그대로 사랑해주는' 존재는 없을 거야. 단점 없는 인간은 없으니까."

"……만약 있다면, 어떡할래?"

가락의 말에 연소가 멈춰 섰다. 가락이 계속 물었다.

"너를 있는 그대로 사랑해주는 이가 있다면, 너는 어떡할래?"

"너 나 좋아하냐?"

소년의 얼굴이 홍당무가 되었다.

"응, 아니, 어. 아니! 좋아하는 건 맞는데, 지금 하는 건 고백이 아니야. 그냥 가정해보는 거라고!"

"흠."

생각해보았다. 나의 부족한 부분까지 사랑해주는 존재라.

한 번도 생각해본 적 없었다.

"그런 존잴 만나면, 틀림없이 사랑하게 되겠지."

어느새 본래의 침착함을 되찾은 가락이 중얼거렸다.

연소는 픽 웃었다.

"그런 존재는 없어."

신과 독대하고도 몸과 마음이 무너지지 않을 자.

탑에선 그런 이를 뽑기 위해 열 가지 시련을 내렸고, 소녀들은 저마다 각오를 다지며 임했으나 시련을 견디기는 쉽지 않았다. 주님의 가호 아래, 매해 모든 시련을 통과한 꼭 한 명의 소녀가 나왔다. 그들은 영광스럽게도 성모의 이름을 따 '마리아'라고 불렸다.

마리아에겐 임무가 주어졌다. 첫 번째, 고난주간에 선악과, 정확히는 사과를 취한다. 두 번째, 창으로 예수, 정확히는 예수 모양을 한 정교한 인형의 허리에 창을 찔러넣는다. 세 번째, 예수의 상처를 더듬어 그가 부활하신 그임을 확인한다.

"그렇게 우리는 우리 종속의 나약함을 되새긴다, 리네. 신부님 말씀에 따르면 그래."

연소는 의식 전에 가락과 대화를 나누었다. 가락이 불쾌하다는 듯 얼굴을 찡그렸다.

"목적이 너무 피학적인 것 같은데."

"아무려면 어떠냐. 난 이 의식을 치르면 꽤 괜찮은 직장이 보장되고, 집도 생긴단 말이지."

“넌 너무 속물이고.”

“약혼자, 내 집은 네 집이기도 하단 걸 잊지 마.”

웃음을 참던 가락의 표정이 별안간 심각해졌다.

“정말 이러면 되는 걸까.”

“뭐가?”

“정말 이러면, 사람들이 기도하는 대로 주께서 또다시 ‘생명의 불꽃’을 가져다주실까.”

“글쎄, 의식은 그냥 연례행사로 하는 것 아니었어? 적어도 내가 기억하는 한, 작년에는 주님께서 오시지 않았는데.”

“야, 너는 진짜…….”

소년은 몇 번이고 삼키곤 겨우 몇 마디 내뱉었다.

“추기경님 앞에선 그러지 마.”

“준비가 되었나요?”

연소는 고개를 끄덕였다. 그리고 겨우 말했다.

“그렇습니다.”

황송하게도, 연소가 의식을 치를 때 걸칠 복장은 37-126 탑의 추기경이 직접 입는 것을 도와주게 되어 있었다. 복장의 목적은 뚜렷했다. 최대한, 아무튼 ‘로마 병사’처럼 보이게 만들 것. 로마가 어떤 나라였는진 잘 모르지만.

금빛 갑옷과 붉은 망토. 쓰면 분명 위압적으로 보일 투구. 그리고 끝이 예리한 은빛 창이 있었다. 연소는 손을 갖다 댈까 하다가 척 봐도 베일 것 같아 그만두었다. 창부리가 이 정도로 날카롭다니, 인형을 찌르는 것인데 굳이 이렇게까지?

그러나 추기경 앞에서 그런 말을 내뱉지 않을 정도의 정신머리는 있었다.

"당신 어머니는 실패했지요."

추기경이 불쑥 내뱉었다. 연소는 속으로 불평했다. 와, 이 순간에 어머니가 실패한 얘기를 꺼내? 나는 아무 말이나 막 하면 안 되지만, 추기경은 그래도 되나. 좋겠군.

"부담을 주려는 건 아니에요."

"아, 네. 부담 느끼지 않습니다."

이 말은 하지 말걸 그랬나. 연소가 후회하는 사이, 추기경은 까르르 웃었다.

"다행이네요. 잘 할 수 있을 거예요."

문득 연소는 약간의 불안을 느꼈다.

"……사과는 어제 의식에서 취했지요. 오늘 제가 할 일은 주님을 찌르고 그의 상처를 더듬어 확인하는 일, 맞죠?”

그것뿐이지 않아요? 연소는 그렇게 덧붙이고 싶은 것을 참았다. 추기경이 잔잔하게 미소 지었다.

“그게, 그렇게 간단하지 않답니다.”

“……?”

“조금 뒤엔 다 깨닫게 되겠지요. 그래요, 충고 하나 하자면…….”

여자가 속삭이듯 덧붙였다.

“생각하지 말아요. 그냥 해요.”

예? 치고 올라오는 얼빠진 물음을 삼켜 다행이라고 연소는 자조했다.

그러나 추기경의 말이 무슨 뜻인지 알기 위해선 질문을 던졌어야 했다. 그 기회를 놓친 셈이다. 이제 연소가 추기경과 만날 일은 평생 거의 없다시피 했으니까.

당시엔 그냥 그러려니 했던 것을, 이렇게 후회하게 될 줄은 몰랐다. 대체 당신은, 이 탑 사람들은,

아니, 이 세계는 대체…… 무슨 생각이었는가?

“의식을 치르기 전에 인형과 만나시는 것을 허락합니다.”

"보통 인형을 '만난다'고 하나요?"

연소가 짓궂게 묻자, 문지기가 당혹스러운 표정을 지었다.

"아, 그러네요."

그러더니 잠시 후 변명했다.

"그렇지만 직접 보시면 마리아께서도 그런 말씀을 하실 겁니다. 살아 있는 것 같거든요."

'살아 있는 것 같다'라.

그나저나 의식 동안엔 연소라는 이름도 불러주지 않는다. 고작 사흘뿐이지만, 연소는 가벼운 그리움을 느꼈다.

자줏빛 벨벳이 드리워진 장막이 보였다. 주변에 기계며 파이프가 잔뜩 붙어 있었다.

저기가 인형이 있는 곳이구나. 연소는 생각했다.

문지기는 따라오지 않았다. 혼자 들어가야 하는 듯했다. 연소는 긴장한 팔다리를 가볍게 풀어주었다. 좋다, 얼마나 정교한 인형인지 만나보자.

그러곤 장막으로 들어갔다.

사람이 있었다.

제일 먼저, 사람이 보였다.

누워 있거나 앉아 있었다면 인형이라고 일고의 의

심을 해봤을지 모른다. 그러나 그것은 두 발로 서 있었
다. 손에는 책을 펼쳐 든 채로.

낯선 남자가 환히 웃었다.

"어서 와, '판도라'."

연소는 창을 쥔 손아귀에 힘을 주었다.

"날 왜…… 그렇게 부르나."

그러곤 덧붙였다.

"나는 마리아야."

"그리고 '진짜 이름'도 있을 테지?"

연소가 날카롭게 물었다.

"여긴 예수님의 인형이 있는 곳일 텐데, 왜 인형은
안 보이고 당신이 여기 있는지 설명해봐."

남자가 쓸쓸한 표정을 지었다.

"예수는 없어. 미안해, '그런 건' 없어."

책을 내려놓은 남자가 마른세수를 했다.

"'프로메테우스', 내 이름이야. 그리고 여긴 나뿐이야."

그런 이름은 처음 들어보았다. 연소의 표정을 본 그
가 이해한다는 듯 웃어 보였다.

"내 이름을 들어보는 것은 처음이겠지. 이해해. 너희
는 내 역사를 기반으로 조금 다른 신을 창조했더군."

“그게 무슨……”

“나, 프로메테우스가 제우스의 마차에서 불을 훔쳐 너희 인간에게 가져다준 일을 너희는 ‘예수’라는 가상의 신이 너희 죄를 위해 세상을 향해 대적한 일로 변형했단다. 독수리에게 간을 쪼아 먹힌 일화를, 너희는 예수가 십자가에 못 박히고 로마 병사에게 창에 찔린 일화로 바꾸었지. 아, 탓하는 것은 아니다.”

프로메테우스가 다정하게 말했다.

“너희는 정말 놀라워. 좋은 쪽으로든, 나쁜 쪽으로든 말이야.”

“전혀 이해가 되지 않는데.”

연소는 창을 고쳐 쥐었다. 이 인형은 놀랍다. 연소는 이러한 인형에 대해 들어본 적조차 없었다. 그러나 망가진 인형이었다. 이런 식으로 망가진 인형에 대해서도 들어본 적조차 없었다.

“미안, 좀 강한 충격을 처음부터 배려 없이 가한 셈이네. 그러나 너희와 내가 이야기할 수 있는 시간은 지나치게 짧아. 매년 치르는 이 의식이 아니면, 나는 너희와 접촉할 기회가 없어. 그래서 다짜고짜 본론부터 말하는 거다.”

그가 설명했다.

“가서 전해라. 예수가 아닌 프로메테우스에 대해.”

“……너는 미친 인형이군.”

연소가 차게 웃었다. 그러나 프로메테우스는 웃지 않았다.

“나를 위해서가 아니다. 너희를 위해서야. 이렇게 말하는 것이 수상쩍게 들리리란 것을 안다. 그러나 너희에겐 제대로 된 신앙이 필요해. 예수가 아닌, 프로메테우스를 믿어야 해.”

뒤로 갈수록 그의 목소리에서 힘이 사라졌다. 그는 침울한 얼굴로 말했다.

“나는 숭배받기 위해 불을 훔친 것이 아니다. 너희를, 인간을 사랑해서 불을 훔쳤지. 그러나 숭배받지 못한 신은 힘을 잃는다. 처음엔 괜찮다고 생각했어. 숭배받지 못하는 것 따윈 아무 문제도 되지 않는다고. 그러나…….”

그가 일어나 연소에게 다가오자, 연소는 저도 모르게 한 발짝 물러섰다. 알 수 없었다. 눈 앞의 남자는 무기도 들고 있지 않았고, 전혀 위험하게 보이지 않았다. 그런데도 그에게선 불가사의한 위엄, 그리고 슬픔, 다정함이 흘러넘쳤다.

“내가 가진 힘은 미래를 예지하는 것, 그리고 너희

를 사랑하는 것. 그 두 가지 힘 모두 사그라들고 있다. 나의 이름조차 들어본 적 없는 세대의 인류가 몇 차례나 죽고 태어나길 반복했지."

프로메테우스의 목소리는 절박하고 다급했다.

"다시 미래 예지 능력을 되찾기 위해선 너희가 나를 숭배할 필요가 있다. 또, 그렇게 능력을 찾게 된다면 나는 다시 너희에게 생명의 불꽃을 가져다줄 수 있을 것이야."

"생전 처음 보는 놈팡이를 숭배할 순 없어."

그렇게 연소는 말했지만, '생명의 불꽃'이라는 표현이 걸렸다. 눈 앞의 남자는 인형인가? 아니, 사기꾼 인간일 지도 모른다. 신일리는 없었다.

"당신이 신이라면, 예수님이 아닌 다른 신이라면 어째서 이런 곳에 틀어박혀 있는 거지?"

"나는 무수한 이름으로 인간을 가장하여 살아왔다. '예수'라는 이름은 내가 갖고 있던 이름 중 하나야. 그러나 예수는 실제로 존재하진 않는다. 언제나 프로메테우스였고, 프로메테우스이며, 프로메테우스일 것이야."

그가 설명했다.

"나는 많은 이름으로 온갖 곳에서 인간을 도왔다.

그리고 잊히거나 기억되었지. 상관없었다. 내가 예수로 살든, 부처로 살든, 프로메테우스는 어딘가에선 기억되었으니까. 나를 숭배하는 이들은 인간이 태어난 이래로 어디에나 있었고, 나를 향한 숭배는 끊인 적이 없다. 나는 그 숭배하는 행위의 중요성을 간과했지.”

연소는 묵묵히 들었다.

“그런데 몇 세대 전부터 프로메테우스를 기억하는 이들은 소수의 몇 외엔 없다시피 하다. 이렇게 말하는 것이 내 성격에 맞지도 않고, 나는 지금 몹시 부끄럽다만⋯⋯.”

그의 목소리가 다시 작아졌다.

“예지 능력과 인류애, 둘 다 사라지고 있으며 심지어 내 존재조차 희석되고 있다. 즉, 나의 무수한 이름들을 향한 숭배가 끊기지 않더라도 진정한 나, 프로메테우스에 대한 숭배가 끊긴 것은 심각한 문제다.”

“어째서지?”

연소가 물었다. 창을 쥔 손이 부들부들 떨리고 있었다.

“너희를 도울 수 있는 신은 세상에 나뿐이니까. 세상에 남은 신은 오직 나 하나다.”

연소는 장막을 뛰쳐나오진 않았다. 그저 굳은 얼굴

로, 의식이 끝나기 전에 장막에서 뚜벅뚜벅 걸어 나왔을 뿐이었다. 그러나 머릿속은 엉망으로 엉켜 있었다.

"신앙이 끊긴 지 오래된 신인 네가 아직 사라지지 않은 이유는 뭐지?"

프로메테우스가 웃었다.

"판도라, 너희 덕분이다."

"……아까부터 말하는 '판도라'는 뭐냐?"

"내 동생, 에피메테우스와 결혼한 인간 여자. 신들이 구현한 완벽하게 아름다운 존재. 그리고…….”

그가 잠시 멈추었다가 말을 이었다.

"……희망과 함께 남은 여자. 그래서다. 내가 남자인 에피메테우스가 아닌 여자 판도라에게 말을 거는 이유. 너희가 희망과 함께하기에."

연소가 천천히 물었다.

"그렇다면, 그렇다면…… 당신이 아직 사라지지 않은 이유는, 판도라…… 즉, 인간 여자들에게 당신 자신의 존재를 알려주기 때문인가?"

"그래. 네 어머니도 그런 사람이었지."

아, 어머니.

연소는 그제야 깨달았다. 어머니가 창으로 인형을 찌르지 못한 이유를.

그것이 인형이 아니었기 때문이었다.

프로메테우스가 말했다.

"작별의 시간이군. 내가 하고 싶은 당부는 하나다. '사람들에게 나를 알려라. 나를 믿게 만들어라. 나를 위해서가 아니다. 그들 자신을 위해서다. 내가 다시금, 너희들에게 생명의 불꽃을 가져다줄 만큼 힘을 되찾기 위해서.' 그리고……."

그가 웃었다.

"의식을 치르는 것, 그러니까 창으로 찌르는 것은 주저하지 않아도 된다. 어차피 내 몸은 재생한다. 예전처럼 빠르게 회복되진 않지만, 죽진 않아."

신이 소녀에게 손을 내밀었다. 연소는 엉겁결에 그 손을 잡았다.

프로메테우스는 천천히, 악수했다.

"그러니까, 괜찮다."

그 눈에 사랑이 그득했다.

"무얼 망설이십니까?"

추기경이 물었다. 여자의 얼굴엔 여전히 미소가 걸려 있었다.

연소는 어정쩡한 자세로 창을 쥔 채였다. 눈 앞에

프로메테우스가 있었다. 십자가에 못 박힌 프로메테우스가.

손목뼈에 대못, 그리고 발목뼈에 대못, 머리에 가시관을 쓴 프로메테우스. 피로 물든 나무 십자가가 있었다.

제단 아래에서 사람들은 고개를 조아리며 예수를 부르짖고, 울며 기도하고 있었다. 제단 위의 '인형'을 예수의 모습을 본뜬 무생물이라고 믿으며.

그러나 연소의 눈엔 보였다. 프로메테우스의 얼굴이 고통에 물든 것을. 그가 간신히 비명을 참고 있는 것을.

인간을 사랑한다는 이유만으로.

추기경이 빠른 걸음으로 다가오더니 속삭였다.

"어차피 죽지 않습니다. 죄책감 따위 느끼지 마세요. 저것은 '인간'이 아닙니다."

깨달음이 연소의 머리를 쳤다. 이 사람, 다 알고 있었구나.

프로메테우스의 여자들.

창이 무겁고 갑옷이 무거웠다.

상황이 이상하단 것을 알아챈 것인지, 제단 아래의 사람들이 하나둘 머리를 들었다. 그들의 눈에 불만이 가득했다.

어째서 찌르지 않는 거냐.

너희 어머니처럼, 모든 것을 망쳐버릴 셈이냐.

그때 연소의 눈에 관중 속의 어머니가 들어왔다.

너무 멀어서 여자의 얼굴이 보이지 않았다. 어떤 눈으로 연소를, 딸을 바라보고 있는 것인지 알 수 없었다. 그러나 연소의 가슴에 그 순간 까닭 모를 슬픔, 후회가 밀려들었다.

연소는 다시 프로메테우스를 바라보았다. 그는 머리를 들어 저를 우러러보는 사람들을 굽어보고 있었다. 온몸이 땀과 피로 젖어 있는데도, 그는 분노에 가득 찬 눈으로 인간을 보고 있지 않았다.

그저 묵묵히, 태초부터 그가 사랑한 인간들을 응시했다.

가락의 말이 떠올랐다.

'너를 있는 그대로 사랑해주는 존재를 만나게 되면, 그땐 어떡할래?'

'그런 존재를 만난다면 틀림없이 사랑하게 되겠지.'

연소는 창을 떨어뜨렸다.

〈끝〉

구매해 주셔서 감사합니다. 앞으로도 많은 성원 부탁드립니다.

여기까지만 쓰려고 했는데, 뭔가 아닌 것 같아서 더 써보겠습니다. 요새는 그래도 장르문학으로 단독저서 내기가 그리 어려운 시대가 아니라고도 하지만, 저는 힘들었습니다. 장편을 쓰려고도 해봤는데, 잘 안됐어요. 그래서 안 된 채로 그냥 있을 거냐고? 그건 아니고 또 해봐야죠. 감사합니다. 사는 동안 이야기로 자주 뵙시다. 안녕하시길!

머리 달린 여자

초판 1쇄 발행 2026년 4월 10일

지은이 서계수
펴낸이 나성채
디자인 김선예, 이다솔, 이수정
마케팅 박동준

___

발행처 오러 *orror*
등록 2023년 4월 26일 (제2023-000003호)
주소 010542 경기도 고양시 덕양구 청초로 19
　　　아이에스비즈타워센트럴 A동 707호
전화 02.324.3945-6 팩스 02.324.3947
이메일 orrorpub@gmail.com

___

ISBN 979.11.93984.16.1 04810
　　　979.11.983254.0.2 04810 (세트)

© 서계수, 2026